年上の恋人

「水…城」
悦のあたたかい吐息がぼくの唇をなぞり、
少しかさついた感触がそっと触れてきた。
目をつぶり、薄く唇を開いた——とたん、
筋張った腕に上半身を搦め捕られる。
「……んっ」

年上の恋人

岩本 薫

15404

角川ルビー文庫

Contents

口絵・本文イラスト／木下けい子

風とライオン、きみとぼく

1

「さすがにもう学生には見えないか」

ひとりごちたぼくの前を通りがかった女子大生のグループが、チラチラとこちらを見てはヒソヒソと何事かを囁《ささや》き合う。

Ｒ大の正門前のベンチに腰《こし》を下ろして十分弱。その間、キャンパスの異分子であるぼく——鳴沢水城《なるさわみずき》が受けた好奇《こうき》の眼差《まなざ》し攻撃《こうげき》は、彼女たちで三組目だった。

「……スーツのままってのも敗因だな」

『日本芸術協会』という小さな財団法人に籍《せき》を置いて五年。『プロデューサー』などとおこがましい横文字が名刺《めいし》に刷り込まれて二年。立派《りっぱ》な肩書《かたが》きを背負っても雑用に追われる日々は変わらず、ここ数ヶ月は特に、開催《かいさい》を翌週に控《ひか》えた写真展の準備にプライベートを削《けず》り取られている。

居心地《いごこち》の悪さをまぎらわそうと煙草《たばこ》をくわえた時、その多忙《たぼう》な生活の最大の犠牲者《ぎせいしゃ》である待ち人の姿を見つけた。

十月も下旬《げじゅん》ともなれば、六時前とはいえ周囲はすでに薄暗《うすぐら》い。それでもシルエットだけで判別できてしまう自分が少し腹立たしく、火を点《つ》ける前の煙草を手のひらで折る。

男三人に女ふたりというグループの中央に、及川悦郎《おいかわえつろう》はいた。五人の中でも頭ひとつ飛び出た長身。

長い手脚に健康的な褐色《かっしょく》の肌《はだ》。おそらくは彼なりのこだわりに基づいているのだろう不揃《ふぞろ》いにハネた短髪《たんぱつ》。隣《とな》りの女の子に話しかけるたび、形のいい真っ白な歯が零《こぼ》れる。翳《かげ》りのカゲもないまっさらな笑顔《えがお》。二十一という年齢《ねんれい》を体現する、しなやかで溌溂《はつらつ》とした動き。

眩《まばゆ》いばかりに若い――ぼくの六つ下の幼なじみ兼恋人。

大口を開けて笑っていた悦《えつ》がふと動きを止め、それから（あれ？）というふうに目を見開いた。仲間に二、三言告げてから、こちらに向かってすごい勢いで走ってくる。目前でブレーキをかけるやいなや、大声で叫《さけ》んだ。

「どうしたんだよ⁉ 水城がここまで来るなんてめずらしーっ！」

通りがかりの数人が振《ふ》り返る気配に、ぼくは顔が熱くなった。

「声がデカい！ みんな見てるだろうが！」

低い声で叱《しか》っても、興奮した男の暴走は止まらない。

「水城の美貌に見とれてんじゃねぇの？ うちの大学、教授連は論外としても助手もダサいからさ。マジでオレがあと五分遅《おそ》かったら飢《う》えた女どもの餌食《えじき》……痛《いて》えっ」

大顰蹙男《だいひんしゅく》の足を、靴《くつ》の踵《かかと》で踏《ふ》みつけ、黙《だま》らせる。それでも気が治まらず、片足を上げて痛がる悦をさらに睨《ね》めつけた。――どうやらぼくは、こいつの躾《しつけ》をどこかで間違《まちが》えたらしい。

「水城って……きれいな顔してなんでそう容赦《ようしゃ》ねぇの？」

涙目《なみだめ》の悦が、踏まれた足をさすりながら唇《くちびる》を尖《とが》らせる。

「誰《だれ》がきれいだ、誰がっ」

「きれいじゃん。世間じゃクールで通ってる水城が、実はキレるとこんなに凶暴《きょうぼう》だって知ったらがっかりするファンも多いぜ、きっと」

「ほっとけ」

若い頃《ころ》は女優みたいにきれいだったという母親に、たしかにぼくは似ている。男にしては骨格が細く、顎《あご》も小さい。細い鼻梁《びりょう》に色素の薄い瞳《ひとみ》。肌色も白く、体毛は限りなく薄く、やや長めの髪はブリーチ不要の栗色《くりいろ》。

そつなくまとまった造作が、世に女顔と評される類《たぐ》いの容貌《ようぼう》だということは認める。認めるが、上背《うわぜい》百七十八、さらに言えばあと三年で三十の大台に乗ろうという男を指して、真顔で『きれい』を連呼する大学生の神経はわからない。

「それにしても本当にどうしたのさ。写真展近いから、しばらくは忙しいって言ってたのに」

気がつくと、立ち直りの早い幼なじみが期待もあらわにこちらを窺《うかが》い見ていた。その感情に素直すぎる瞳を見るにつれて込み上げる――愛《いと》しさと少しばかりの切なさを押し殺し、ぼくはつぶやく。

「ぽっかり時間が空《あ》いたんだよ。だから一緒にメシでも食うかな…と」

「メシって、ひょっとして奢《おご》り!?」

ぱっと顔を輝《かがや》かせた悦が、こっちの返事も待たずに腕《うで》を組む。

「うーむ……悩《なや》むぜ。寿司《すし》もいいけど中華《ちゅうか》も捨てがたいよな。いっそ焼き肉?」

「……おまえなぁ」

自腹を切る際には決して挙がらないであろうリストアップに、思わず舌打ちが漏《も》れた。

「少しは遠慮《えんりょ》ってもんをだな」

「だって、ラーメンと牛丼《ぎゅうどん》以外にありつけんの、ひさしぶりだし」

おあずけを食らった犬のような濡《ぬ》れた瞳で、悦がじっと見つめてくる。

「はー……しょーがねぇな貧乏《びんぼう》学生は」

「やったっ!!」

小躍《こおど》りする悦を横目に脱力《だつりょく》したぼくは、足許《あしもと》に深いため息を零《こぼ》した。

「……んでさ……風子《ふうこ》さん……帰ってきたんだろ?……どうなの……その後」
池袋駅前——見るからに学生御用達《ごようたし》といった、店構えはボロいが安くてうまい焼き肉屋の片隅《かたすみ》で、ワンフレーズごとに肉を咀嚼《そしゃく》しながら、悦がどうにか言い終える。

一方、目の前の食欲魔神《まじん》のためにもっぱら肉をひっくり返すことに専念していたぼくは、その質問に答えられなかった。

集中するとつい言葉がおろそかになってしまうのは、子供の頃からのぼくの悪い癖《くせ》で、悦にもたびたび『神経系統が不器用』と指摘《してき》されるのだがどうにも直らない。

かくいう悦郎青年は、電話で話しながら格闘《かくとう》ゲームで敵キャラを倒し、かつカップ麺《めん》もちゃんと味わえる——らしい。いわく右脳と左脳の伝達がスムーズで、しかもコンビネーションが絶妙《ぜつみょう》——なのだそうだ。

のびのびのトレーナーの首から紙のエプロンを下げ、それを肉汁《にくじゅう》でベトベトにしている姿からは、とてもそんなご立派な神経系統をお持ちなようには見えない。まぁ、向上心や上昇欲の見事なまでの欠落をしてなお、そこそこの結果を出す底力に関しては、元家庭教師として認めないわけじゃないが。

「何？　さっきから焼いてばっかじゃん。水城も食えよ」

ようやく底なしの胃袋《いぶくろ》も一息ついたのか、煙草に手を伸ばした悦が鷹揚《おうよう》にのたまい、積み上げられた皿を端《はし》に寄せつつぼくは嘆息《たんそく》を吐《は》いた。

「ヒトの金だと、本当によく食うな」

「これで貯えた精力で、この借りはバッチリ返すからさ」

「バーカ」

笑えない切り返しに、もともと勢いのなかった食欲が一気に萎《な》える。ぼくも箸《はし》を置くと、悦のマルボロから一本抜《ぬ》き出した。ライターで火を点ける。

「なんか元気ない気するけど……やっぱ風子さんの件、もめてんの？」

「まぁな。風子はあの調子だからヘラヘラしてるけど、おふくろのほうはほとんど口もきかない」

「おばさん、キツいからなぁ」

実感の籠《こも》った口調で悦郎がつぶやき、煙《けむり》を天井《てんじょう》に吹き上げた。

風子というのは、生来の放浪癖《ほうろうへき》が高じて五年前にロンドンへ渡ったきり、音信不通となっていた、ぼくの三つ違いの姉だ。

二週間前、その親不孝娘《むすめ》がふらりと戻《もど》ってきたまではよかったのだが、なんの前触れもなく三歳の娘を連れ帰ったものだから、母の血圧は一気に跳《は》ね上がり――反して鳴沢家の室温はマイナス十度まで冷え込んだまま、いっかな回復の兆《きざ》しが見えない。

ひと目でハーフとわかる、チョコレート色の肌を持つ孫娘の顔を、彼女の祖母である母は、いまだ一度もまともに見ようとはしていなかった。

「風子に似て愛嬌《あいきょう》のあるかわいい娘なんだがな。もう端《はな》から目を向ける気がないんだよ」

アルミの灰皿に吸い差しを押し込んでぼやく。すると目の前の顔がめずらしく真剣《しんけん》になった。

「見れば情が移って、なし崩《くず》しになっちまうのが恐《こわ》いんじゃねえ？　んで、父親っていうか、相手については？」

「いや、それについては何度問い質《ただ》してもノーコメント。風子のやつ、ああ見えて一度決めたことには頑固《がんこ》だからな」

「んじゃ、やっぱり」

「ああ」

男が妻子持ちだったのか、はたまたやんごとなき事情がおありだったのか。いずれにせよ姉はシングルマザーとなり、その娘は父親の顔を知らずに育つことになる。

「かわいい？」

降ってきた問いに顔を上げ、蒼《あお》く澄《す》んだ対《つい》の瞳と目が合う。

「あ……子供？」

「そう、かわいい？」

「ああ――かわいいよ。巻き毛くるくるで唇はピンクで、まつげもめちゃ長い」

「じゃあ大丈夫だ。女の子で愛嬌《あいきょう》あってかわいきゃ人生勝ったようなもんだよ」

自信満々で断言する浅黒い顔を見つめていると、ここしばらく重苦しかった胃が不思議と少し軽くなってきた。

「そんなもんか」

「そんなもんでしょ」

――ぼくは、こいつのこんなところが好きなのかもしれない。

床《ゆか》に点々と散らばった雑誌を拾い上げながら、ぼくの視線はすばやく六畳《ろくじょう》一間の四方を検分していた。一目で見渡《みわた》せるほどその部屋は狭《せま》く、そして相変わらずうんざりするほど汚《きたな》い。

風呂《ふろ》で読む――という悪癖のおかげでよれてしまったグラビアページを強引《ごういん》に伸ばし、六冊の雑誌の天地を揃《そろ》えて机の上に置く。椅子《いす》の背に投げかけてあったシャツとパンツを洗濯機《せんたくき》に放り込み、テーブルの上に出しっぱなしのバターと牛乳パックを冷蔵庫にしまい込む。

その他こまごまと動きまわって、ようやくぼくが椅子《いす》に腰《こし》を下ろしたのは、玄関《げんかん》で靴《くつ》を脱《ぬ》いでから十五分も過ぎようという頃だった。

その間この部屋の主といえば、『おまえが動くとかえって汚れる』というぼくの主張を素直に受けとめ、ならばせめて邪魔《じゃま》はせずと決め込んだかのように、ベッドで胡座《あぐら》をかきつつ、のんびり煙草《たばこ》をくゆらせていた。

「お疲れ」

ねぎらいの言葉と同時、缶《かん》ビールがぼくの前に置かれる。悦はアルコールを受けつけない体質なので、これは一応、ぼくのための買い置きということになる。

キンキンに冷えきった缶を手に取って、そういえばここに来るのは二週間ぶりだと気づいた。終電に乗れるのはかなりマシなほうで、基本的にタクシー帰り、ここしばらくは休日も返上の生活が続いていたから、悦の顔を見るのは本当にひさしぶりだ。

電話での会話も数度。声を聞けば会いたい気持ちが募《つの》る自分がつらくて、こちらからの連絡《れんらく》を故意に避《さ》けた結果だった。

それでも——嵐の狭間《はざま》に射《さ》し込むひとすじの陽光のような突然《とつぜん》の空き時間——気がつくとぼくは悦の大学を訪ねていた。待てば会える確約があったわけでもないのに。ただ募る気持ちに押しきられた、十代の若者のような衝動《しょうどう》……。

それほどこいつに飢《う》えていたのかと、いまさらながらめまいにも似た感覚に囚《とら》われる。

「オレさぁ、来年の夏、やっぱアフリカ行こうかな」

冷蔵庫に引き返した悦が、中から自分用のにんじんジュースを取り出して言った。

「就職はどうするんだよ」

「んー、留年すっかな。どーせ単位ヤバいし」

「おふくろさんたちが泣くぞ」

「でもさ、オレが格好悪いリクルートスーツ着て、人事課のオヤジと呑《の》みにいったりしてる間にも、どんどん彼らは絶滅《ぜつめつ》していっちまうんだぜ?」

ご幼少のみぎり、悦郎少年のアイドルは流行《はや》りのアニメヒーローではなく、『野生の王国』

にてサバンナを悠々《ゆうゆう》と闊歩《かっぽ》する名もなきライオンだった。

世をアナログからデジタルへと一新させ、少年の身長を六十センチ底上げした十数年の歳月《さいげつ》は、しかし彼の一途《いちず》な想いを変心させるまでには至らなかったらしい。

その執念《しゅうねん》深い恋心が、『現地での野生動物の激写』という野望へバージョンアップした直接の起因――それは三年前、大学の入学祝いにぼくが贈《おく》った古いライカにあった。

そのライカはぼくの父の遺品のうちでも特に旧式で扱《あつか》いにくいもので、当時のぼくは、悦がそのおもちゃにそれほどのめり込むとは思わずに手渡したのだけれど……。

意に反して彼は、なかば骨董品《こっとうひん》に近いそれと実に根気よく向かい合った。頑固で気むずかしく、些細《ささい》なことでヘソを曲げるご老体を、時になだめ、時におだて、徐々《じょじょ》にスキンシップを深めていったのだった。

引き気味の構図の端《はし》で淡々《たんたん》と穴を穿《うが》つ老犬。

人気《ひとけ》のないさびれたガソリンスタンド。

子供のいない公園――。

悦が旧式のレンズで切り取った風景は、いつもなぜか少し古ぼけて見える。見馴《みな》れたはずの空き地が、家並みが、ほんの少しだけタイムスリップしたみたいに懐《なつ》かしく思える。

ひさしぶりに開いたアルバムの中で、いつの間にか年を取っていた思い出のように……。

いつか悦に尋《たず》ねたことがあった。

『なぜこんな枯《か》れたジジイみたいな写真ばかり撮《と》る？　なんでおまえの絵には人がいないんだ？』

しばらく思案げに首を傾《かし》げたのち、悦は言った。

『なんでかなぁ。多分、今のオレには「人間」は生っぽすぎるんだよ。まだ扱いきれん気がする』

そうしてめずらしく、気弱そうに笑った。

「あー、早く行きてーな、アフリカ！」

突然の咆哮《ほうこう》に、物思いから呼び戻される。

「バイト増やすかぁ。いっそ借金してでも強行突破《とっぱ》すっかな」

熱っぽい瞳《ひとみ》でつぶやいた悦が、ぼくの肩《かた》に腕《うで》を回してくる。大型犬が飼い主に甘えるみたいに、後ろから大きな体を密着させて言った。

「なぁ水城も一緒に行かない？　気持ちいーぞぉ。サバンナを疾走《しっそう》するジープ。地平線横目にゼブラやキリンと並走したら、都会のちまちましたストレスなんか吹っ飛ぶぜ？」

「俺は社会人だぞ。おまえみたいに暇《ひま》を持て余してないの」

「休み取ればいいじゃん。夏期休暇《きゅうか》」

お気楽な物言いにむっとする。

「来年は秋にでかい企《き》画展《かくてん》やるから夏休みなんてない」

「今年もなかったじゃんか。そんなことでいいの？　働きすぎると感性鈍《にぶ》るよ」

「もうとっくに鈍ってるよ」

振《ふ》り払《はら》おうとした腕が不意に力を増してきた。熱い体にぎゅっと抱《だ》き込まれる。……日向《ひなた》の匂《にお》い。不揃《ふぞろ》いのくせっ毛をうなじに押しつけられる感触《かんしょく》に、心臓がトクンと脈打つ。

「水城……疲《つか》れてる？」

耳許で低く囁《ささや》かれただけで、首の後ろの産毛《うぶげ》がぞくっと総毛立ち、体の奥がざわめく。

「…………」

浅ましい兆《きざ》しを大きな嘆息《たんそく》で紛《まぎ》らわして、ぼくは背中に張りつく悦を引き剝《は》がした。向き直ると浅黒い顔を見つめ、嚙《か》んで含《ふく》むように言い聞かせる。

「疲れてる。ここ数日まともに寝《ね》てないんだ」

悦のはっきりとした二重《ふたえ》の目が悲しそうに瞬《またた》いた。

「捨てられた犬みたいな目するなよ」

「だってさぁ」

むくれた顔つきでぼくの手からビールの空き缶を取り上げ、ペキッと捻《ひね》り潰《つぶ》す。ぺちゃんこになったそれをゴミ箱に放り投げたあと、ボソリと零《こぼ》した。

「オレ……先週誕生日だったんだぜ」

口にしたとたん、悦は顔を真《ま》っ赤《か》に紅潮させ、頭を搔《か》きむしって叫《さけ》んだ。

「ああーッ！　馬鹿《ばか》馬鹿オレの馬鹿!!」

「……なんなの？　おまえ」

呆気《あっけ》に取られるぼくの前で、情緒《じょうちょ》不安定な若者は、さらに自分の頬《ほお》をパチパチと平手で叩《たた》く。

「なんかねだりがましいじゃねぇか！　やだやだ、オレってばいつからこんな女々しい野郎に!?」

ハイテンションで一気に言い放ったかと思うと、突如《とつじょ》トーンダウンした。

「てなわけで、さっきのはオフレコな」

「おまえこそ疲れてるんじゃないか？」

「……そうかも」

きゅっと顔を歪《ゆが》めたまま、うつ伏《ぶ》せにベッドへ倒れ込み、ぐったりと動かなくなってしまった。

その大らかな風貌《ふうぼう》から『単純』のレッテルを貼《は》られがちだが、その実、悦は繊細《せんさい》で、人の気持ちにも必要以上に聡《さと》いところがある。

こいつはこいつなりに何かを感じているのかもしれない。そう思った瞬間《しゅんかん》、胃のあたりに急激な重苦しさを感じた。

こうして会うことを、会えない夜と同じくらい、つらく感じてしまうぼくに——。

（……気づいているのか？）

ゆっくりと頭を振り、胃痛を増幅《ぞうふく》しそうな懸念《けねん》を頭の隅《すみ》に追いやって、椅子の背からジャケットを摑み取った。

「悦、帰るぞ」

ベッドから返答はなく、寝てしまったのだろうかと訝《いぶか》しみつつ言葉を継《つ》ぐ。

「来週の日曜——例のデパートの写真展の初日な、レセプションパーティがあるんだ。おまえ来れるか？　もし来るなら……」

みなまで言う前に、悦の上半身がガバッと起き上がった。

「行ってもいいの!?」

一転きらきらと輝《かがや》く瞳にうなずく。

「場所は新宿三優《さんゆう》デパート八階の美術館。パーティは夕方の七時から。来るならメンバーに入れておく」

「行く行く！　あ……でも、お偉《えら》いさんとかも来るんじゃないの？」

「若干《じゃっかん》な。政治家のおっさんが二、三人。あとは国内主要美術館の学芸員《キュレーター》、パンフに論文書いてもらったRCAの教授がロンドンから来るのと……」

「そんな華《はな》やかな場所にオレなんかが顔出してもいいのか？」

「遠慮《えんりょ》する柄《がら》かよ。タダ飯食えるし——来いよ」

「うん」

こっくりと首を縦に振って笑う。
アフリカの太陽ほどに強くてまっすぐな、純度の高い笑顔。
物心がついて以来、ぼくはこんなふうに心から笑ったことがあっただろうか。
「じゃあ帰るぞ」
玄関《げんかん》まで来た悦が「仕事しすぎんな」と言い、ぼくはうなずいて鉄の扉《とびら》を閉めた。
——まっすぐな、まっすぐな感情。ストレートで、迷いがなく、破綻《はたん》がなく。
吐《は》き気がするほど……。
そう言ったら、悦はどんな顔をするだろう。
仄暗い欲求を抱く自分に、さらなる嫌悪《けんお》を募《つの》らせながら、ぼくは夜の道を歩き出した。

2

悦の家はぼくの家の二軒右隣《にけんみぎどな》りにあり、町内会の寄り合いでぼくの母が悦の母親と親しくなったのが、鳴沢家と及川家の交流の始まりだった。

末っ子のぼくは、やがてひとりっ子の悦を弟分としてかわいがるようになったが、六つの年の差から共に学校に通うことはなかった。だからぼくらの交流は、仕事でいない母の代わりにぼくがこしらえた夕食を、やはり鍵《かぎ》っ子の悦が食べに来てそのまま就寝《しゅうしん》まで居座る――という日常の中で培《つちか》われたものだ。

ひとり増えても作る手間は同じだし、おいしいと食べてくれる誰《だれ》かがその頃《ころ》のぼくには必要だった。ぼくを必要とし、存在を欲してくれる誰かが……。

多忙な母親や奔放《ほんぽう》な姉との生活で生じるストレスを、当時のぼくは悦の面倒《めんどう》を見ることで癒《いや》していたのかもしれない。またそれほど、少年はぼくに懐《なつ》いていた。

子供にとってエサを与えてくれる人間は、何を措《お》いても最優先だ。だがそのランクにも、物心がつき、自分の世界が確立するにつれて変動が現れる。いずれ友人か恋人に王座を明け渡《わた》す日を待つ覚悟《かくご》は、しかし杞憂《きゆう》に終わった。

悦は小学校に上がっても中学に進学しても、部活のある日以外は、夕方六時に鳴沢家の呼《よ》び鈴《りん》を鳴らし続けたのだ。

成長期の訪れを驚異的《きょういてき》な食欲で示した少年の頭がいつしかぼくを追い抜《ぬ》き、やがて腰回《こしまわ》りがきついとぼくのお古を返却《へんきゃく》してくることが多くなった頃——高校受験。

当然のようにぼくに苦手な英文法をタダで習い、居眠《いねむ》りばかりしていたわりにはすんなり志望校に受かった悦だが、高校二年の冬、父親の転勤が決まる。

赴任《ふにん》先の北海道・函館《はこだて》市が出生地である経緯《けいい》から、母親も仕事を辞《や》めてついていくことになり、及川家の小さな一戸建ては売りに出された。

『オレは絶対行かないよ。そんな寒いとこ』

悦は断固言い張り、進学をかんがみた両親も息子《むすこ》のひとり暮らしを許した。

そうして悦は、ぼくの家から十分ほど離《はな》れた駅の側《そば》のアパートに、小さな部屋を借りて住み始めたのだった。

悦のひとり暮らしが始まると、今度はぼくのアパート通いが日常になった。

勤め始めた会社からの帰宅途中《とちゅう》、コンビニで買ったつまみと自分用の缶《かん》ビールを下げて玄関に立つぼくを、悦はいつも主人の帰宅を待っていた犬みたいに、『当然のことだがやはりうれしい』といった顔つきで出迎《でむか》えた。おそらく迎え入れる悦サイドに特別な意図はなく、あくまでも自然な成りゆきと受けとめていたのだろう。

だが、新しいフィールドの水に少々食あたり気味だった当時のぼくにとって、そこは特別な避難《ひなん》場所だった。

それほど悦は昔のままで。駆《か》け引きや腹の探《さぐ》り合いや中傷やおだてや、たくさんの約束事にがんじがらめになっている世界とは、まだ少し離れたところにいて……。

ぼくは胸中ひそかに満足していたのだった。多少なりとも天然だし、人の上に立つタイプじゃない。世間ズレの感も否《いな》めない。だが、少なくともまっすぐ大らかに育ってくれた。成長した子供の存在感に安らぎを見出《みいだ》せるのは、保護者ならではの特権じゃないか？

それなのにある夏の日、悦は言った。ぼくがビールで一日の澱《おり》を流している時に。

『オレさ、この前、夢ん中で水城とキスした』

向かい合っていたぼくの肩《かた》あたりを見つめてつぶやく。

『ガキの頃によくやった、ほっぺたチュウみたいんじゃないぜ？　口と口の本格的なやつ。ちょっと迷ったけど舌も入れた。水城の口の中すんごく気持ちよくってさ。起きたらやっぱ勃《た》ってて……。溜《た》まってんのかと思って、エッチなビデオを三本くらい借りて見たんだけど、なんか違《ちが》うんだよな。そりゃそれなりに反応はするけどさ。——でもやっぱ違う』

そこで一拍《いっぱく》置くと、次はきちんと視線を合わせて言った。

『オレさ、オレ、夢じゃなくって……本当に、現実で、水城とキスしたい』

オクテな弟にようやく訪れた思春期を喜ぶ余裕《よゆう》は、もちろんなかった。凍《こお》りつくぼくに、言葉にしたことで確信を得たかのように、悦ははっきりと、揺《ゆ》るぎない口調《くちょう》で繰り返した。

『オレ……水城の白くてなめらかな肌《はだ》に触《ふ》れたい。柔《やわ》らかい髪《かみ》をオレの自由にしたい。いっぱいいろんなところにキスして、水城の、いつもと違う声聞きたい。──水城は？　水城はオレとしたくない？』


『馬鹿野郎、ふざけるな！』

そう怒鳴《どな》りつけ、平手の二、三発も見舞《みま》って部屋を出るべきだったのだ。


その夜──悦の規則正しい寝息《ねいき》を耳に、ぼくはそっとベッドを抜《ぬ》け出した。シャツとトラウザーズを身につけ、靴下《くつした》はポケットに突《つ》っ込み、素足のまま靴を履《は》く。静かに扉を開けて後ろ手に閉めた。

月明りの下、誰もいない道を歩きながらぼくは泣いた。堪《こら》える努力を放棄《ほうき》し、感情に任せて、ただただ涙《なみだ》を流し続けた。

そうしていないと今にも足許から崩《くず》れ、アスファルトに伏《ふ》して号泣《ごうきゅう》してしまいそうだった。

悦は、もちろん初めてだった。真摯《しんし》だがぎこちない、稚拙《ちせつ》ともいえる動きを思うまでもなく。

ぼくは初めてではなかった。男と寝《ね》るのは、初めての体験ではなかった。

生まれながらに背負ったその枷《かせ》を、母より同僚《どうりょう》より、悦郎にこそ知られてはならないと、課してきたのに。

ぼくの中の卑《いや》しい欲望が、長い年月のうちに少しずつ彼を蝕《むしば》んでいたのだろうか。

無意識下の洗脳――そんなことはあってはならなかった。絶対に。

拒《こば》むべきだったのだ。たとえそれでふたりの関係が終わりになったとしても。

いつの日か訪れる本当の終わりよりは、数倍やさしいのだから……。

それなのにぼくは目を見開いたまま硬直《こうちょく》し続け、「悪い冗談はよせ」と笑い飛ばす機会さえも逸《いっ》してしまった。

『大人』のぼくが取るべきであった分別ある行動――思春期にありがちな錯覚《さっかく》ゆえの性衝動《せいしょうどう》を諌《いさ》め、諭《さと》して、正しい軌道《きどう》に修正をはかる――そんなことすらできないほど、もしかしたら煮《に》詰《つ》まっていたのは、ぼく自身だったのかもしれない。

正直に言おう。悦に抱《だ》かれて、ぼくは恥《は》ずかしいほどに幸福だった。

悦の幼いキスひとつですべての動きを封《ふう》じられ、稚拙な指の動きひとつひとつを全身の神経で追い、情けないほど感じた。

子供の頃、風呂《ふろ》で洗ってやった悦のセックスがぼくの中で弾《はじ》けた時、ぼくはたとえようもないくらいに幸福だった。

だがそれは、知ってはならない幸福だった。

いくら愛していても、自分の子供に欲情する親なんかいない。いてはいけないのだ。

それは……罪だ。

小刻みに震《ふる》える腕《うで》を掻《か》き抱《いだ》き、ぼくは夜道をとぼとぼと歩いた。まるで地球全体から迷子《まいご》になってしまったかのように、どこまでも歩き続けた。


「お帰りぃ、水城」

玄関のドアを後ろ手に閉めると、語尾《ごび》が間延びしたような独特な声が奥《おく》から聞こえ、風子が迎えに出てきた。

「おかえりんしゃーい」

たどたどしいながらもはっきりと明るい声で、風子の娘《むすめ》も母親の陰から巻き毛を覗《のぞ》かせる。

「ただいま。モモ、お目め堅《かた》いなぁ。もう十時だろ?」

ぼくの言葉に、モモははにかんだ笑《え》みを浮《う》かべた。

「このコ宵《よい》っぱりなのよぉ。向こうでもあたしにつきあって、いっつも十二時くらいまで起きてたから」

そうなのよねぇモモ？　と、風子が娘のほっぺたをつつく。

「母さんは？」

「んー、帰ってきてすぐ自分の部屋に直行。テレビ見てるみたい」

「……ストは続行中か」

風子は他人ごとのように肩をすくめ、足許にじゃれつく娘に言った。

「モモ、今日はもうおねんねしようか？」

二階の自室へ上がろうと階段に足をかけた時、一階の最奥の部屋から、疲《つか》れた声が呼びかけてきた。

「水城？　帰ったの？」

「ああ」

仕方なく回れ右をして、母の部屋の、三分の一ほど開いた引き戸の前に立つ。

「たった今戻《もど》ったとこ」

「ちょっと話があるんだよ」

「……俺も話がある」

嘆息《たんそく》混じりにつぶやいてから、引き戸を開けて室内へ足を踏《ふ》み入れた。

飾《かざ》り気のない四畳半《よじょうはん》の洋間の真ん中に、低めのテーブルがぽつんとある。そこに肘《ひじ》をついて、母は音声を絞《しぼ》った十四インチのテレビ画面をつまらなそうに眺《なが》めていた。ぼくが母の斜《なな》め向かいに腰《こし》を下ろしている間も、気怠《けだる》そうな目線は動かない。

疲れた横顔の、ここ数年で急激に皺《しわ》が増えた目尻《めじり》のあたりを見るともなしに眺《なが》めていると、ぽつりと声が落ちた。

「くだらないねぇ」

不意にテレビの電源を切った母が、リモコンを弄《いじ》りながら言う。

「この間の話なんだけど……先方さん、乗り気なんだって」

「……母さ……」

まるで遮《さえぎ》られるのを恐れるように、母はすばやく言葉を繋《つな》いだ。

「おまえのこと気に入ったらしいよ。写真をもらったんだけどね。まだ二十歳になったばかりのかわいらしいお嬢《じょう》さんで、この春短大を卒業したんだけど、親御《おやご》さんは就職させないで結婚《けっこん》をって望んでらしてね」

「母さん」

「ほらご覧よ。特別美人ってわけじゃないけど、素直そうな目をしてる」

言うなりテーブルの上のクリーム色の厚紙を開いて、いかにも見合い用といった着物姿の写真を突《つ》きつけてくる。それには一瞥《いちべつ》を走らせただけで、ぼくはすぐ母に目線を戻《もど》した。

「俺の写真、勝手に渡《わた》したのか」

「だっておまえ、くれないんだもの。だから去年父さんの墓参り行った時のネガからもう一度焼いてさ。もっと写りがいいのがあったかもしれないけど、仕方ないだろ？」

そういうことじゃない！　と怒鳴《どな》りそうになる自分を、かろうじて抑《おさ》え込んだ。

「写真なんか渡したら、こっちもその気があるってことになっちゃうだろ？　なんでそんな勝手なことするんだよ」

なるべく冷静な口調で言ったつもりだったが、痛いところを突かれた母の顔がカッと紅潮した。

「勝手も何も、あんたは全然あたしの話を聞かないじゃないか！　あ、あたしはあんたのこと思って……こんないいお話めったにないからっ」

うわずった声を出す母を上目遣《うわめづか》いに睨《にら》む。

「いいお話ってなんだよ？　相手が金持ちのお嬢さんならいいのか？　俺の気持ちとかは介入《かいにゅう》の余地ないわけ？」

「そんなの会ってみなきゃわからないじゃないか。気に入るかどうかは、会ってみて初めてわかることだろ？」

その前の段階なんだよ、という言葉をむりやり呑《の》み下した。正論を吐《は》いた母は、黙《だま》り込んだぼくの顔をやはり無言で睨《ね》めつけてくる。

母が唐突《とうとつ》な見合い話を持ち出してきたのは、一週間前の夕食のあとだった。

父がガンで早世《そうせい》してからの母子三人の生活を、母は独身時代から継続している病院勤めで賄《まかな》ってきた。その『めったにない縁談《えんだん》』は、同僚の看護婦長から持ち込まれたらしい。

隣《とな》り町で個人病院を営む内科医のひとり娘。

『たしかおたくの息子《むすこ》さん、まだ独身よね。おいくつだっけ？　二十七？　まあ、ちょうどいい開きじゃないの』

世話好きおばさんの口車に乗って、母はその『いいお話』を素直に持ち帰ってきた。

『まだそんな気になれないよ。第一養っていけないよ』

しかしどうやら、息子の言い分を快《こころよ》く受け入れるまでの度量は持たなかったようだ。

「あたしはただあんたに早く落ち着いて欲しいの。仕事だって残業ばっかりで何やってんだか……。結婚して家庭持って、いずれ子供ができれば、あんたにだって責任感が出てくるだろうし」

沈黙《ちんもく》を破った母が、今度は説得モードで言い募《つの》ってくる。

「親っていうのはね、子供が家庭を持って独立して、それでやっとひと区切りなの。それまでは肩《かた》の荷を下ろせないんだよ。母さんももう五十五だし、そろそろ楽したいよ。孫の顔だって見たいし」

「孫ならもういるじゃないか」

起爆剤《きばくざい》を承知で言うと、予想どおり母の口許《くちもと》が引き歪《ゆが》んだ。

「あれは……孫なもんか。あたしが欲しいのはもっと……」

普通の——母の喉許《のどもと》でうやむやになった言葉。しかし敢《あ》えて流さずにぼくは言った。

「母さん、モモに罪はないだろ。いい加減子供じみたマネはやめろよ」

とたん、ヒステリックな叫《さけ》び声があがる。

「あの子に非がないことくらい、あたしだってわかってるのよ！　でもどうしようもないんだよ！　つらいんだもの、あの子を見るのが……ああ、なんだっていつもあの娘《こ》はあたしを苦しめるんだろう。本当に何から何まで父さんにそっくりで…」

最後の『あの娘』というのが風子を指しているのはわかった。母と姉は昔からことあるごとに冷戦状態に突入《とつにゅう》していたが、その大半は風子の奔放《ほんぽう》な言動が原因で、母に言わせれば、そんな彼女は『父親に生き写し』ということになる。

風子が成人を待たずに家を出たのも、実の母親との折り合いの悪さが大きな要因を占《し》めていた。もしかしたら、母の目にモモの存在は、ことごとく自分の意のままにならない娘の『反抗の証《あかし》』のように映っているのかもしれない。

「……そんなふうに父さんのせいにばかりするのよせよ。父さんの遺伝子だけでできてるんじゃないんだぜ、俺たち」

諫《いさ》めるつもりで口にした言葉に、内心の苦々しい思いが表れてしまっていたのかもしれない。

落ち着くどころか、いよいよ母の声は大きくなった。

「じゃあ、あたしのせいだってのかい⁉　風子があんなふうになったのも、あたしの育て方が悪かったって言うの？　あたしは……あたしはあんたたちを育てるのに必死で！　いつだって何よりあんたたちのことを最優先にしてきたのに…っ」

それは知っている。母さんは、めいっぱいシフトを入れてがんばってきた。おしゃれもせず、旅行にも行かず。ぼくたちのために、二度ばかりあった再婚話を白紙に戻してしまったことだって、薄々《うすうす》気がついていたよ。

でも、それとこれは話が別だろう？

ふと、どこかが苦しいようなうめき声が聞こえ、気がつくと母が、ぼくから顔を背《そむ》けるようにして泣いていた。勝ち気な性格からか、決して泣き顔を見せようとしない。けれどそのぶん肩が激しく揺《ゆ》れている。

こんなふうに言い争いをして、やはり母が泣いたことが過去に二度あった。ぼくが美大を受験したいと言い出した時と、今の会社に就職を決めた時。

一度目の争いは結局ぼくが折れて、普通大学に進学することで片がついた。

二度目の涙《なみだ》に、だがぼくは折れなかった。

財団法人とは名ばかりの、上層部も合わせて総勢十人に満たない組織に就職なんてとんでもない。どうしてわざわざリスクの大きい人生を選ぼうとするの？

母の言い分は美大受験を阻止《そし》した際とまったく同じで、けれど金銭面で負い目がないことが進学の時とは違《ちが》っていた。

だからぼくは母の涙を切り捨て、自分の我を通した。

一勝一敗、互《たが》いに五分の勝率だ。

「……母さん。俺、もう行くよ」

返事をしない母の肩に手を置くと、いっそう震《ふる》えが激しくなる。かつてより老いたせいなのか、その震える背がつらく胸に迫《せま》って、ぼくは重苦しい息を吐いた。

母のためにせめてと、見合い写真を手に取り立ち上がる。

「一応これ、預かっておくから」

歩き出した背中を、母の途《と》切《ぎ》れ途切れの声が追ってきた。

「来週には……返事、欲しいって」

――三度目は、どちらが？

自分の中にすでにあるのかもしれないその答えを、ぼくは頭を振《ふ》って追い出した。

3

母とのやりとりのあと風呂《ふろ》を使ったぼくを、リビングで風子が待っていた。ソファに腰《こし》を落とすと同時にビールグラスが差し出される。

「ハーイ、どうぞ」

泡《あわ》が立たないようにグラスを傾《かたむ》け、ゆっくりと慎重《しんちょう》に注がれた液体は、見事な比率で白と金色の層を描《えが》いていて美しかった。ぼくは一気にグラスの半分を胃に流し込んだ。

「うまいっ」

「でしょう？　ロンドンのパブでバイトしてた時に取得したワザ」

丸い顔が得意そうに微笑《ほほえ》む。

「モモは？」

「うん、寝《ね》かせた。おじちゃんとお話するってなかなか寝なくて困っちゃった。あのコ、水城のことお気に入りなのよ。あんただけは自然にモモを受け入れてくれたから」

「さみしいんだろうな。まだ友達もいないし」

急激な環境《かんきょう》の変化は、子供の心にも相当な負担をかけるはずだ。幼いなりのストレスもあるだろうに、夜泣きもしない。

「……強いな。モモは」

「雑草は強いのよぉ。楽ちんな途《みち》じゃないのはわかってるから、今から鍛《きた》えとかなきゃね。親がかわいそうだって思ってると、子供もそれ感じて卑屈《ひくつ》になっちゃうから」

三十の大台に乗ったとはとても思えない童顔が、その瞬間《しゅんかん》たくましい母親の顔になった。

性格だけでなく容貌《ようぼう》も、風子はどうやら父親似らしい。断言できないのは、父親の顔をぼくがはっきりと記憶《きおく》していないからだ。

職業カメラマンだったくせに、父は家族の写真を一枚も遺《のこ》していかなかった。

だからぼくが知っているのは仏壇《ぶつだん》に供《そな》えられたボケボケの素人写真の父だけで、それを見る限り、なるほどぼくはどちらかといえば母親似だなと思うくらいだ。

「ねぇ例の見合いって……やっぱりあたしの帰国が引き金なのかなぁ？」

独特の語尾《ごび》を伸ばす口調で、風子がぽつりとつぶやいた。先程《さきほど》の母とぼくのやりとりを聞かないまでも、不穏《ふおん》な空気は充分感じているような顔つきに、小さく頭を振る。

「風子のせいじゃないよ。どのみちいつかは起こった騒《さわ》ぎなんだから」

結婚《けっこん》イコール幸せというテーゼが不滅《ふめつ》である限り、いずれは跳《と》び越さなければならないハードル。風子は、スタートラインに並びながらもグズグズしていたぼくらの背中を、ほんのアクシデントで押してしまっただけ。

ぼくがまともな男だったら、こんなふうに母が意固地になることもなかったのだろうか。もちろん母はぼくの性癖《せいへき》を知らないが、親というものはそういう類《たぐ》いの勘《かん》だけは鋭《するど》いものらしいから。

ふと、『まともな』という言葉はひどく嫌《いや》な響《ひび》きだと思った。だがそれを『普通の』と置き換《か》えてみたところで、立ち並ぶハードルの一個目すらクリアできそうにない。

「どうするの？」

ローテーブルに両肘《りょうひじ》をついて、手のひらで丸い頬《ほお》を支えながら風子が訊《き》いた。

「何が？」

「だからお見合いよぉ」

「どうするかな」

「水城はやさしいからねぇ」

決して誉《ほ》め言葉ではないニュアンスで、姉は弟の顔をじっと見つめてきた。

「あんた、彼女とかいないの？」

「……いないよ、そんなの」

「でも好きなコぐらいいるでしょう」

返す言葉を探した結果、妙《みょう》な沈黙《ちんもく》を作ってしまったぼくを、頭のてっぺんから胸許まで見下ろして、風子がしたり顔でうなずく。

「やっぱりねぇ。五年前と比べて雲泥《うんでい》に色っぽくなったもんね。まぁ、あんたの場合、そもそも元の造りが女顔だっていうのもあるけど」

「なんだよ、色っぽくって？　俺、男だぜ？」

「馬鹿《ばか》ね、男だって恋すりゃ艶《つや》めくのよぉ。恋愛モードの時はホルモンの分泌《ぶんぴつ》が違うんだから」

もっともらしい物言いをするなり、一気に呷《あお》ったグラスをドン！　とテーブルに置き、身を乗り出してきた。

「ズバリ。不倫《ふりん》でしょう？　相手は亭主《ていしゅ》持ちの人妻、プラス年上」

指を突《つ》きつけられたぼくは、十秒ほど息を止め、やがてゆっくりと吐き出してみせた。

「……なんでわかったんだ？」

「年季が違うわよぉ、くぐり抜けてきた修羅場《しゅらば》の数もねぇ」

自慢《じまん》げに鼻をうごめかし、ふふふ、と丸顔が笑う。

「本当言うとね。きっと誰《だれ》でもわかっちゃうわよ、あんたの側《そば》でしばらく観察してればね。だってあんたったらさぁ、なんかいつもうわの空だし、かと思ったら妙に色っぽいため息ついたりしてバレバレよぉ。昔はどっちかっていうとクールで、恋愛は割りきってますって感じだったけどねぇ。さっきも顔見てすぐわかっちゃった。――会ってきたでしょ？」

「…………」

今度ばかりは本当に黙《だま》り込んだ――と言うより、出したくても声が出なかったのだ。

「やめちゃいなさいよぉ、見合いなんか」

顔を上げると、風子が真面目な目つきでこちらを見ていた。

「好きなら貫《つらぬ》き通しなさい。中途半端《ちゅうとはんぱ》なことすると後悔《こうかい》するわよ」

「風子は……後悔してないのか？」

化粧《けしょう》っ気のない顔が少し笑う。

「してないわよぉ。モモがいるもの」

モモがあたしが貫き通した証《あかし》なのよ。

まっすぐぼくを見る大きな目が、そう語っていた。

刹那《せつな》、風子を——いや、目に見えるたしかな愛の証を生み出し、そして共に生きていくことができる女性という性を——ひどくうらやましく感じた。

ぼくは男しか愛せない性癖を持った、世間の常識から言えば規格外の人間だけれど、それでも女になりたいと思ったことは過去一度もなかった。

女性を愛することができなくても、男であるというアイデンティティは揺るぎないと信じてきたのに……。

形がないものを、いつまでも信じて守っていくのは難しい。

いつか本当の恋を知るだろう悦に捨てられる日。

その日を今か今かと怯《おび》えて待つくらいなら、いっそこちらから捨ててしまいたい。

そう思う自分がどんなに卑怯《ひきょう》でエゴイスティックか。

誰よりわかってはいるけれど――それでも。


翌週の日曜日。

初日を迎えた『スティルライフの光と影展』は、なかなか好調なスタートを切ることができた。

「鳴沢くん」

お客さんに混じってR・メイプルソープの『フラワー・シリーズ』を見ていたぼくの袖《そで》を、同僚《どうりょう》の尾崎佳子《おざきけいこ》さんが引いた。三つ年上の彼女は、新人のぼくに仕事のノウハウを叩《たた》き込んでくれた先輩《せんぱい》で、頼《たよ》りになるパートナーでもある。

「そろそろ閉館時間よ。さーて、サクサクッと準備するか!」

アナウンスに背中を押されるように出口へ消える最後のカップルを見送ってから、ぼくと彼女はレセプションパーティの準備に取りかかった。点在する円テーブルに真っ白なテーブルクロスをかけ、その上に色とりどりの盛り花を飾《かざ》る。デパート内のレストランスタッフが次々とグラスやカトラリーなどを運び入れ、料理を盛りつけた。

スタッフ一丸となった働きの結果、会場が完成したのはオープン七時の十分前。その十分間でメイクを完璧《かんぺき》に仕上げた佳子さんが、ぼくの前でクルリと優雅《ゆうが》に回る。

「どう？」

古いヴォーグのモデルばりのポーズを決めた彼女に、ぼくは正直な意見を述べた。

「とてもかっこいいです」

「率直な感想をありがとう。お返しってわけじゃないけど、鳴沢くんもそのサイドベンツのスーツ、すごく素敵よ。タートルネックが似合う日本人って少ないのよね。あなたくらい顔が小さいと別だけど」

「お誉めにあずかり光栄です。なんかあとが恐《こわ》い気しますけど。そのジャケット、お初ですよね」

「ガッバーナだよん。奮発しちゃった。だってイイ男が来るかもしれないじゃない？」

ショートヘアに映《は》えるモード系メイクを見つめて思った。

彼女の言うところのイイ男とは、どんなタイプなのだろう。

できることならば、若くて背が高くて筋肉質で褐色《かっしょく》の肌《はだ》にシャイな笑顔《えがお》が眩《まぶ》しい短髪《たんぱつ》の男——とだけは言って欲しくなかった。その条件はマズい。……かなりいただけない。

七時の声を聞くと同時にエレベーターの扉《とびら》から招待客が押し出され、ほぼ十五分ほどで狭《せま》い会場は活気に溢《あふ》れた。

受付を佳子さんに任せ、裏方業に忙殺《ぼうさつ》されていたぼくは、売りきれたワインの補充《ほじゅう》に戻《もど》ったテーブル越《ご》しに、悦の姿を見つけた。

声をかけようと行きかけて、タイミング悪く旧知のカメラマンに肩《かた》を叩《たた》かれる。「どう？最近」などという会話をかわしながらも、気がつくと視線は男の肩越しに長身の影を追っていた。

悦は人混みからひとり離《はな》れ、先程ぼくが見ていたメイプルソープのオリジナルプリントの前に立っていた。黒いシングルのジャケットに白いシャツという、日頃《ひごろ》見慣れぬスタイルのせいか、普段より大人びて見える。

その横顔は厳《おごそ》かなほど静かで、写真に据《す》えられた眼光だけが熱い。

「――エイズで死んだんだよ、彼は」

カメラマンと別れたぼくが後ろから声をかけると、悦は壁から視線を引き剥《は》がして振《ふ》り返った。

「静物《スティルライフ》もいいが人物《ポートレイト》も迫力がある。晩年の作品にエイズに蝕《むしば》まれていくセルフ・ポートレイトの連作があるが、それはもう圧巻の一言だ。日々終焉《しゅうえん》に向かう自分の姿をフィルムに灼《や》きつける――彼の作家としての執念《しゅうねん》には……いたましさを超《こ》えて力強ささえ感じる」

「……すげぇな」

感嘆《かんたん》交じりにつぶやいた悦がまたモノクロームの写真に目線を戻す。

「鳴沢くん、お友達?」

その声に振り向くまで、ぼくらは長く無言でたたずんでいた。

両手のワイングラスをそれぞれに配った佳子さんが、悦に向かってにっこりと笑いかける。

「ハイ、どうぞ」

「赤でよかったかしら?」

「こいつ、アルコール駄目《だめ》なんですよ。酒入りのチョコで酔《よ》っ払うやつだから」

「あら、でもいいじゃない。お近づきのしるしだもん」

言いながら、ぼくの腕を肘《ひじ》でつついた。

「あ——ぼくの幼なじみと言うか……まぁ弟みたいなもんですね。及川悦郎、R大の三年。こちらは大先輩の尾崎佳子さん」

「大は余計よ。よろしくぅ」

「よろしくお願いします」

律儀《りちぎ》に頭を下げた悦のつむじを、佳子さんが目を細めて見つめる。その口許《くちもと》に浮《う》かぶ微笑《びしょう》に、嫌《いや》な予感が背筋をソソと這《は》い上がった。

(これだから、こいつはうっかり紹介《しょうかい》できないんだ)

ぼくの内心の舌打ちも知らず、ぴったり悦に張りついた佳子さんは、さっそく身上調査に乗り出している。十年近く業界の荒波《あらなみ》に揉《も》まれてきた凄腕《すごうで》のお姉様にしてみれば、赤子の手を捻《ひね》るも同然の他愛なさだったらしく、哀《あわ》れ悦郎青年は、ものの数分で人生の軌跡《きせき》をほぼ把握《はあく》されてしまったようだ。

「かっわいーい！　鳴沢くんもかなりイケてると思ってたけど、彼はまた違《ちが》うテイストでいいわ。美形の友は美形ってやつ？……それにしてもあんなかわいこちゃん、なんで今日まで隠《かく》してたのよ？」

悦がトイレに立った隙《すき》に躙《にじ》り寄ってきた佳子さんが、ぼくを横目で睨《にら》む。

「見せたらすぐ佳子さんの餌食《えじき》になっちゃうからですよ」

「あーら失礼ね。あたしだっていきなり頭からガブリとはやらないわよ。ちゃんと順を踏《ふ》むってば。途中の経過こそが恋愛《れんあい》の醍醐味《だいごみ》ってもんじゃないの。特に年下はさ。汚《けが》れなき純白をゆっくりじっくりあたし色に染《そ》めていくの。ああっ、ひさびさにトキメクわ！」

「言っときますけど、本当にガキで、しかも極貧《ごくひん》ですよ？　たかられますってば」

ほとんどオヤジと化した佳子さんに、必死の説得工作を試みたが、無駄《むだ》だった。

「それもまたよし！　お金で済むことならこのわたくしが解決してあげましょう。虎《とら》の子の養老年金だって解約しちゃうわよっ」

「最後に頼れるのはやっぱりお金だからそれだけは何がなんでも死守するって、つい昨日も息巻いていたじゃないですか」

「ふふふ……いいわよね、夢があるって。アフリカでね、ライオンを激写したいんだって。そういう話を聞くと、サポートしたいって思っちゃうわよねぇ」

あらぬ方をうっとり見つめての囁《ささや》きは、もはや限りなくモノローグに近い。

「あのー、先輩、聞こえてます？」

どこか遠くへイッてしまっている佳子さんを懸命《けんめい》に呼び戻しているうちに、足許に何かあたたかいものが絡《から》みつく気配を感じた。見下ろすと、くるくるの巻き毛が見える。一生懸命ぼくを仰《あお》ぎ見るのは、チョコレート色の顔。

「モモ⁉」

「ミズチおじちゃん！」

「な、なんでおまえがここに⁉」

「モモったらそんなとこにいたのぉ？　ママ捜《さが》しちゃった」

足許の娘《むすめ》が振《ふ》り向いて「ママ！」と叫《さけ》ぶ。

「風…子？」

「あらー、モモ、水城おじちゃん見つけるのじょうずねぇ」

そのなんとも緊張感《きんちょうかん》の欠けた笑顔《えがお》は、まぎれもなく愛すべきわが姉のものだった。

「キャーかわいい！」

騒《さわ》ぎに気づいた佳子さんが、モモを見たとたん黄色い悲鳴をあげる。

「お嬢ちゃん、いくちゅですかぁ？　おなまえはぁ？」

娘に話しかける佳子さんに軽く会釈《えしゃく》をしてから、風子がぼくを上目遣《うわめづか》いに見た。

「あんたったら水臭《みずくさ》いんだもん。なんで教えてくれなかったのよぉ。タダ飯タダ酒の情報ならいつでも受けつけてるのにぃ」

「一体誰《だれ》が…っ」

「オレ」

トイレから戻《もど》ってきた悦が、濡《ぬ》れた手を振り振り、のんびりと答える。

「オレが風子さんに教えたんだ」

「そうなの。駅前まで買い物に行ったら悦くんにばったり会っちゃって。すんごくひさしぶりで話が盛り上がったんだけど、よく見たらなんかおしゃれしてるじゃなぁい？　訊《き》いたらこれだって言うから、あわてて着替えてきたのよ」

そう言われて見れば、風子はきちんと髪《かみ》をアップにして、めずらしく化粧《けしょう》もしている。古着らしいワンピースのきれいな水色は、モモのリボンとお揃《そろ》いだ。

たまにめかし込むのはいいが、これは子供会の集まりじゃないんだぞ――そう言って叱《しか》ろうとした時、佳子さんから離《はな》れたモモが脚にしがみついてきた。

「モモがおじちゃんに会いたいってうるさいんだもの。最近帰ってくるのが遅《おそ》くてお話できなかったんだもんね？」

母親の問いかけに、巻き毛がこっくりとうなずく。その小さな頭を、悦の大きな手が包み込んだ。子供の視線までしゃがみ込んだ悦が、モモと目を合わせて話しかける。

「水城のこと好きならオレとも気が合うよな。動物好き?」

水色のリボンがコクンと動いた。

「何が一番好き?」

「……エレファント」

「なんで?」

「いちばんおっきいから」

「おー、やっぱ気が合うな。オレもゾウ好き。今度オレんち遊び来いよ。いろんな動物のビデオ見せてやる。絵本も写真も山ほどあるぞ」

「ほんと?」

「本当。オレね、約束だけは破らない」

守れない約束は初めからしないという地味で報われないポリシーを、それでも二十年近く貫《つらぬ》いてきた悦が『約束』という言葉を発する時、その瞳《ひとみ》はいつも厳《おごそ》かと言っていいほどに真摯《しんし》だった。

そのことはモモにもわかったようだ。

「やくそくね。こんどおうちにあそびにいくの。そしたらゾウのビデオみせてくれるの」

「ああ。じゃ、ゆびきりな」

ちっちゃな小指で苦労してゆびきりしたあと、少女はにっこり笑った。それは、異郷の地で初めて心通じ合う友を見つけた安堵《あんど》の笑みであるように、ぼくには思えた。

「かわいいな。でっかくなったら嫁《よめ》にもらうかな」

モモのほっぺをつつきながら悦がつぶやく。

「おまえにならー……やるよ」

ぼくが答えると悦は振《ふ》り返って、へへっと笑った。

「——そうかー、それでモモちゃん連れてロンドンから帰ってきたわけね」

少し離《はな》れた場所から、風子と佳子さんの会話が、断片的に漏《も》れ聞こえてくる。初対面のふたりは、いつの間にやら旧知の仲みたいな顔つきで話し込んでいた。

「そうなの、とりあえずね。またいずれ向こうに戻りたいんだけど、それには先立つものがねえ。バイトでもいいから、モモがいてもできる仕事があればいいんだけど……」

思えばふたりは同じ年齢だ。同世代として、妙齢《みょうれい》の女性同士、共感し合える部分も多いのかもしれない。

そんなことをぼんやりと思いながら、ぼくはなんだかひさしぶりに穏《おだ》やかな気分で、悦に抱《だ》き上げられたモモの嬌声《きょうせい》を聞いていた。

4

従業員専用のエレベーターから降りて出口へ向かうと、通用口の壁《かべ》にもたれていた悦が片手を挙げた。

ここ数ヶ月日参して顔見知りになっている守衛さんに「お疲《つか》れ様です」と声をかけ、思いのほか待たせてしまった相棒と合流ののち、裏通りへと出る。

ぼくが後片づけをしている間、悦はゲームセンターで時間を潰《つぶ》していた。十時に落ち合う約束でいたのだが、三十分の遅刻《ちこく》だ。

「悪い。思ったより手間取った」

「なんの。奢《おご》りだろ？　ラーメン」

「おまえな……この間も奢ってやったろ？」

「マジ今月ピンチなのよ。中古のレンズの出物があってさ。これがいい味出してて、つい」

「そんなんでアフリカ行きの資金は大丈夫なのか」

ジャケットのポケットに両手を突《つ》っ込んで、悦が肩《かた》をすくめる。

「んー、来週から割りのいいバイト始めるし……なんとかね」

「だからってあんまり体を酷使《こくし》すんなよ。おまえアフリカ絡《がら》みだと無茶するからな。寝食削《しんしょくけず》って金貯《た》めても、体壊《こわ》しちゃ元も子もないんだぞ」

つい説教モードに入ってしまうぼくをかわすように、悦は腹を押さえてぼやいた。

「腹減ったぁ。みんな本当にあんなつまみ程度で満足してんのかね？」

「食事は前菜。メインはすばらしいアートとウィットに富んだ会話ってな」

「うげー、やっぱオレにはおハイソな世界は向かないわ。水城とラーメン食ってるほうが全然いいよ」

佳子さんも、『ラーメンでしめる』というぼくらに相乗りしたかったようだが、上司の誘《さそ》いを断りきれずに夜の歌舞伎町《かぶきちょう》へと連れ去られていった。そろそろカラオケボックスで熱唱している頃《ころ》だろう。

「水城は打ち上げに参加しなくていいのか？」

明治《めいじ》通りを花園《はなぞの》神社方向へ歩き出してしばらく、不意に悦が尋《たず》ねてくる。

「毎度のことで敵も諦《あきら》めてるよ。『鳴沢は恐ろしく音痴《おんち》らしい』とうわさになってるらしいけど知ったことか。人前で唄《うた》うくらいなら死んだほうがマシだ」

「極端《きょくたん》だなぁ、また」

「親父《おやじ》の遺言《ゆいごん》で唄えないことにしてある」

「出た！　得意だよなー、その手の言い逃《のが》れ」

大声の突《つ》っ込みに、ぼくは眉根《まゆね》を寄せた。

「恥《は》ずかしいと思うことは人それぞれ千差万別だろ。人前で素《す》っ裸《ぱだか》になるのは平気でも、化粧を落とした素っピンは死んでも見られたくないってやつもいる。自分の食べ残しを見られるのがものすごく嫌《いや》なやつとか。――それと同じだ」

ふむふむと相槌《あいづち》を打っていた悦がぽそっとつぶやく。

「ホントは上手《うま》いのにな」

「………っ」

肩を揺《ゆ》らしたぼくが足を止めると、にやにや笑いを堪《こら》えるみたいな顔で覗《のぞ》き込んでくる。

「よく唄ってくれたじゃん。風呂《ふろ》でオレの頭洗いながらさぁ。『ジャングル大帝《たいてい》レオのテーマ』、動物の鳴きマネ入りでフルコーラス。立て、レオ、パンジャの子ぉ…」

止めていた息を吐《は》き出すと同時、ぼくはくるっと悦に向き直り、その首をきゅっと締《し》めた。

「――忘れろ。今すぐ忘れてしまえっ！」

「きゃー、やめてぇ、く、首だけはダメェ！……くぅぅくすぐってぇ!!」

ジタバタと暴れる恩知らずの弱点を散々に責めてやる。対向から来たカップルにあからさまに避《さ》けられるまで、ぼくはお仕置きを続けた。

「まったく……油断も隙《すき》もねぇな。ろくでもねぇこと覚えてやがる」

「だってさぁ」

地獄《じごく》の責め苦からようやく解放された悦が、肩で息を上げつつ上目遣いにぼくを見る。

「オレと水城はほとんどの時間を共有してきたんだぜ？　恥部《ちぶ》も何もかも、お互《たが》いぜーんぶ承知の上じゃん」

その声にひそんでいた子供っぽい優越感《ゆうえつかん》に、ぼくはつと眉をひそめた。

互いに、知り尽《つ》くしている？

……悦、それは驕《おご》りだ。

共有した二十年の年月が、際限なく与え合った睦言《むつごと》が、お互いの肉体に酔《よ》いしれた幾度《いくど》もの夜が、おまえに錯覚《さっかく》を与えたのかもしれないがそれは違《ちが》う。

少なくともぼくは、おまえの知らないもうひとりの自分を飼っている。

死が分かつまで寄り添《そ》いたいと願う一方で、捨てられるくらいなら先に捨ててしまいたいと逃《に》げを打つ臆病《おくびょう》な自分。

おまえの胸を切り裂《さ》いて、脈打つ心臓に耳を寄せても、心の声は聞こえない。ぼくの頭をかち割っても、おまえが知りたい答えがないのと同じように。

悲しいけれど、人間と人間が百パーセント理解し合えることなどあり得ない。言葉でも、肌《はだ》の熱でも……それは補えないんだ。

「しょうゆ？　みそ？」

問いかけに顔を上げると、隣《とな》りを歩いていたはずの相方が、いつの間にか屋台の赤のれんに半分体を突っ込んでいた。

「しょうゆ」

了解《りょうかい》のしるしに片手を挙げた悦が叫《さけ》ぶ。

「おじさん、しょうゆとみそ！」

顔なじみの店主に軽く頭を下げ、一枚板のベンチに腰《こし》を下ろした。職人技とも言えるその無《む》駄《だ》のない動きを眺《なが》めるうちに、また意識が宙を漂《ただよ》い始める。

抱き締《し》められ、愛していると耳許《みみもと》で囁《ささや》かれれば全身が——足の爪の先までが震《ふる》えた。その言葉に、悦の気持ちに偽《いつわ》りはないと知っているから……涙《なみだ》が出る。

愛してくれる気持ちに偽りはない。わかっている。……けれどその『愛』は自分の抱《いだ》くそれとは違う。悲しいほどに違う。

恋情《れんじょう》ではないのだ。保護者への思慕《しぼ》を履《は》き違えているだけ。

魔《ま》法《ほう》が解けるのはいつの日か。五年先か十年先か、それとも三日後か。

(その日をジリジリと待つくらいなら、いっそ今突き放して……それが無理でも、せめて少しずつ距離《きょり》を置いて……)

気がつけばネガティブ思考な自分がむなしく、ひとり苦笑《くしょう》した。

ここ数週間、頭を巡《めぐ》るのは逃《に》げの算段ばかりだ。

とがめるような店主の視線にわれに返ったぼくは、あわてて伸びた麺《めん》をすすった。

「モモたち、もう家に着いたかな」

とうにどんぶりを空にした悦が、お冷やの氷をしゃぶりながら言う。

「ああ、もう寝《ね》てるんじゃないか」

風子はひととおりタダ飯を制覇《せいは》して満足したのだろう。パーティが終わった時点でモモと帰宅していた。

「オレさ、さっきの話ちょっとマジだぜ」

「さっきの？」

「嫁《よめ》にもらうってやつ」

ようやくラーメンを終了し、ポケットの煙草《たばこ》を探っていた指がギクリと強ばった。

「モモと結婚《けっこん》したら、水城と親戚《しんせき》になれるじゃん。そしたら……少なくともその繋《つな》がりだけは一生残るもんな」

「…………」

笑い飛ばして欲しいのか、不謹慎《ふきんしん》だと叱《しか》って欲しいのか。真意を摑《つか》めないまま、傍《かたわ》らの若い横顔を窺《うかが》う。

ぼくと違って悦は、感情表現が豊かで表情のバリエーションも多い男だ。それでも今見せている表情だけは記憶《きおく》になかった。

自嘲《じちょう》の笑《え》み——口角は吊《つ》り上がっているが、なぜか泣き笑いの表情にも見える。

馬鹿《ばか》だな、と思った。俺も、おまえも。

「……馬鹿なやつ」

声に出してみるとすっきりした。

それで、すべてが言い表せた気がした。

幼なじみの男と寝て、その姪《めい》っ子との偽装《ぎそう》結婚を口にする男。ゲイの息子《むすこ》に見合いを薦《すす》める母親。父のない子を産み、未婚の母となった姉。だが一番愚《おろ》かなのは、悦を愛することしか能のない——このぼくだ。

込み上げる苦い想いを奥歯ですり潰《つぶ》し、できうる限り平坦《へいたん》な声音《こわね》で言った。

「おまえはそんなことができるやつじゃない。人を利用したり踏《ふ》み台にできる人間なら、そもそもこんな状況《じょうきょう》になっていないさ」

「…………」

「おまえがモモと結ばれることがあるとすれば、それは本当にモモを愛した時だ。その時はもちろん、祝福してやる」

悦が望んでいないのを承知で、ぼくは言い切った。現実には嫉妬《しっと》と未練に血反吐《ちへど》を吐《は》く自分を確信していたが、それを口に出せば、悦のこれからを限定してしまう。

それだけは保護者として、最もしてはならないことだった。

「幼なじみで…弟…か」

俯《うつむ》いて、ぼくの視線を避《さ》けた悦の低いつぶやきが、おやじの威勢《いせい》のいい声に重なり、消えた。

「いらっしゃい！」

ふたり組の客と入れ違いに、ぼくらは黙《だま》ってのれんをくぐった。


開催《かいさい》翌日から、ぼくは三度の食事もままならないほどの超《ちょう》過密スケジュールに追われた。昼は会場に詰《つ》め、夕方から海外の関係者の接待につきあい、そのあと九時頃《ごろ》事務所に戻《もど》って次の開催地の下準備——というハードな生活が数日間。

気がつくと日付の感覚もないままに、その週も後半に差しかかっていた。

「ただいま」

ひとりつぶやき、玄関《げんかん》先に鞄《かばん》を置く。靴《くつ》を脱《ぬ》ごうとして、ふと人の気配に目線を上げると、廊下《ろうか》の奥に風子の顔が見えた。

「そのまま。ちょっと待ってて」

丸い顔が小声で囁き、母の部屋を指さしてから、その指で頭に角を作る。

「なんだ、また喧嘩《けんか》したのか」

「しっ」

指で唇《くちびる》を塞《ふさ》ぐジェスチャー。いったん姿を消した風子が、すぐに戻ってきた。肩《かた》にバッグをかけ、腕には大きなストールをかけている。靴を履くとぼくの腕を引っ張り、扉《とびら》の外へと連れ出した。道に出ても無言の早足でスタスタ先を歩いていく。家から百メートルほど離《はな》れたところで、ようやく足を止めて後ろを顧《かえり》みた。

「いつにも増してヒスってんのよ。あんた、例の見合い話ほったらかしてるでしょう。今日病院でせっつかれたみたい。あんたが帰ってきたら何がなんでもはっきりさせるって騒《さわ》ぐから、つい口を出しちゃって」

それからはいつものパターン、と肩をすくめる。

「この件にはノータッチのつもりだったんだけど、ひとつ屋根の下に暮らしてる限り、やっぱりそれは無理よねぇ」

「……悪かった」

「あんたが謝ることないわよ」

風子が薄《うす》く笑った。

「あたしたちの折り合いが悪いのは昔っからだから。本当はさ……母さんがあそこまでかたくなにモモを見ないのも……多分あの子の肌《はだ》の色より、あたしがなんの相談もなく黙って産んだことに傷ついて、怒《おこ》ってるんだよね」

「………」

「わかっていたんだけど、でも言ったら言ったで反対されるのは目に見えてたから」

小さくつぶやいて、不意にくるりと踵《きびす》を返す。

「とにかく、敵があきらめて寝入るまで、しばらくどっかで時間を潰すのが得策よ」

まるで当てがあるみたいに歩き出した風子に訊《き》いた。

「モモは？」

「とっくに寝たわよぉ。何時だと思ってんの？　もう十二時過ぎよ」

言われて腕時計を見れば、たしかに十二時をまわっている。つまり、もう金曜日だ。どうやら時間の感覚までどこかへ行ってしまったらしい。

寝静まった住宅街を姉とふたり、これといった会話もなく歩いていると、いつしか既視感《きしかん》を覚え始める。

遠い日の家出旅行――。

風子と手を取り合い、同じように夜中の住宅街をとぼとぼと歩いた。

ぼくは多分におつきあい感覚だったが、姉は子供なりに本気だったのだろう。背中のピンクのリュックには、冷蔵庫から持ち出した食料がぎっしりと詰まっていたから。

二時間くらい歩き続けて、道端《みちばた》にしゃがみ込んだぼくが泣きべそをかくと、風子は皮を剝《む》いたバナナを口に放り込んでくれた。

それがすごく甘《あま》くて、今まで食べた中で一番おいしいと思った感覚だけは、妙《みょう》にリアルに思い出すことができる。

結局、歩き疲《つか》れて公園のベンチで並んで眠《ねむ》りこけているところを、犬の散歩途中《とちゅう》のおじさんに発見されて、ぼくらの家出旅行はあっけなく幕《まく》を閉じたのだが……。

思い出すたび、今も不思議な気分になる。

あの時のぼくらは、どこへ行こうとしていたのだろう？

今と同じように、風子はまるで当てがあるみたいな顔つきで先に立っていたけれど、おそらくは彼女にだってわかっていなかったに違いない。

風子が九つでぼくは六つ。たしかあれは親父が死んだ年の夏だった……。

そして——その年の秋、悦が生まれたのだ。

気がつくと住宅街は途切れ、二車線の道も大きな国道に合流していた。終電を終えて早朝までの短い休息に入った線路と沿うように歩き、人気《ひとけ》のない駅を越《こ》す。風子は駅裏の細い小路に入り、赤ちょうちんに『焼き鳥』と記された小さな居酒屋の引き戸を開けた。

「らっしゃい！」

威勢《いせい》のいい声に出迎《でむか》えられて、一番奥のふたりがけテーブルに落ち着く。客はサラリーマンが数人、常連風の男女が一組と、さすがに少ない。

「えーと、グレープフルーツサワーと……同じでいい？　じゃあそれふたつ。それと、つくね、ねぎま、手羽先、ナンコツ、それぞれ二本ずつ。つくね以外は塩でね」

　オーダーを済ませた風子が、得意そうに胸を張った。

「ここはあたしの奢《おご》りだからね」

　ぼくがあんまり驚《おどろ》いた顔をしたせいだろう。今度は口を尖《とが》らせた。

「何よ。あたしにだって貯《たくわ》えくらいあるのよ……雀《すずめ》の涙《なみだ》だけどさぁ」

「だからそれはモモのためにとっとけって」

「でもさぁ、帰ってきてからこっち、あんたに奢られっぱなしじゃない？　モモにもなんやかや買ってもらってるし。このままじゃ姉としてのメンツがねぇ」

「メンツとか気にする柄《がら》じゃないだろ？」

「そうなんだけどぉ」

　そこで、ふふふ、と無気味に笑う。

「実は入金の当てができたのよ」

「入金？」

「そう！　ケイコちゃんが昼間電話をくれて、知り合いの編集プロダクションが翻訳《ほんやく》のアルバイトを探してるって」

「ケイコちゃん……て、尾崎先輩《せんぱい》？」

その名前を頭の中で漢字に変換《へんかん》したのち、ぼくは口に出して確かめた。

「そうよぉ。パーティで会った時に頼んでおいたの。翻訳っていってもね、雑文の短いやつだっていうし、在宅でOKだから風子でも大丈夫だよって」

たしかに条件としてはこの上なく、風子が舞《ま》い上がる気持ちもわからないではなかったが、生まれ持った習性から、弟として姉に釘《くぎ》を刺《さ》さずにはいられなかった。

「だからってまだ仕事する前から使うやつがいるかよ。気が早いにもほどがあるぞ」

「わかってるわよぉ」

むくれた風子が、サワーの中の果肉のツブツブをお箸《はし》でつつく。けれどすぐに顔を上げた。

「ねぇ、そういえばこないだ五年ぶりに悦くんに会ったじゃない？　なんかすっかり大人になっちゃってて……びっくりしちゃった。背も高いし、筋肉もほどよくついていて、いい感じよねぇ」

「ちゃんと目ぇ見開いて見たか？　まだてんでガキだぞ、あいつ。五年前と変わらねぇよ」

「ふふん」

ぼくの返答に意味ありげな笑《え》みを浮《う》かべた風子が、焼き鳥を手に取って言った。

「大丈夫よ。大事な悦くん取ったりしないから」

「……なんだよ」

努めて平静なつもりが、不覚にも声が少しかすれる。

「あんたたち、昔っから仲良かったもんねぇ。コアラの親子みたいにいっつも悦くんがあんたの背中に張りついててさぁ」

「ガキの頃《ころ》の話だろ」

「うーん、でもいまだにくっついてるとは思わなかったわぁ。あの子も大学生だし、あんなふうだもん、ガールフレンドのひとりやふたりいるんだろうけど……でも、まだ水城が一番なのねぇ」

「そんなことな…」

「あれは完全に刷り込みってやつね。物心ついた時に一番初めに目に入ったのが水城だった、と。エサも与えられちゃったし」

鋭《するど》い錐《きり》の切っ先で一突《ひとつ》きされたみたいに、心臓が激しく痛んだ。

「………っ」

声も出ないぼくの前で、一番の急所を無意識に撃《う》ち抜《ぬ》いた姉がつぶやく。

「ねぇ、あんたはガキだって言うけど、あの子の背中はもう大人の背中だったわよ。なんか寂《さび》しそうで……切なげで。つい追いかけて抱《だ》き締《し》めてあげたくなっちゃう感じでさぁ」

その映像《シーン》を思い浮《う》かべるような姉の表情を眺《なが》めているうちに、日曜の夜の別れ際《ぎわ》の悦の台詞《せりふ》が蘇《よみがえ》ってきた。

『水城と風子さんはやっぱり似てるよ。顔形とかじゃなくて……なんていうのかな。握り締めたと思った瞬間《しゅんかん》、手のひらを零《こぼ》れていく水と風みたいに儚《はかな》くて……でもなんか大きいところが』

青臭《あおくさ》い、いかにも文学部的なレトリックと、一蹴《いっしゅう》してしまうにはあまりに真摯《しんし》な瞳《ひとみ》。何かを持て余し、けれどそれをうやむやに投げ出すことを自分に許さず、現実の苦悩《くのう》に立ち向かおうとしている若い顔。薄皮《うすかわ》を剝《は》がすように少しずつ大人になりかけて……だけどまだ痛々しいほどに未熟で。

「あの子の背中を見てたら、ふっとあんたの顔が浮かんできたの……なんでだろうね」

風子が小さく言った。

『水城の瞳って色素が薄いから捉《とら》えどころがなくて……じっと見てると時々不安になる。こうやって向き合ってても、本当にオレのこと見てるのかなって』

そうつぶやいた悦の、街灯に青白く照らされた顔が眼裏《まなうら》に還《かえ》った刹那《せつな》、激しい衝動《しょうどう》に囚《とら》われた。

堪《こら》えるために煙草《たばこ》をくわえ、火を点《つ》ける。煙《けむり》を吐《は》き出すことでなんとか紛《まぎ》らわせてしまいたかった。しかし——酔《よ》いも手伝ったのだろう。欲求は思いのほか強く、ぼくは多分、自分で思うよりもずっと疲《つか》れていた。

「……風子」

言ってはいけない。警鐘《シグナル》が耳の奥《おく》でわんわん鳴り響《ひび》いている。

わかっている。——それでも、言ってしまいたかった。

いつの日か。そう遠くはない、いつの日か。

悦は本当の恋《こい》をして、家庭を築き、そして家族を持つだろう。その日のために、今誰《だれ》かに知って欲しかった。あれはまぼろしでも妄想《もうそう》でもなくたしかにあったことだと——言ってくれる誰かが欲しかった。

「俺たち……俺と悦は……そうなんだ」

言葉にすると、体中の憑《つ》き物が落ちたようにすぅっと肩《かた》が軽くなった。漠然《ばくぜん》とした言い方をした。これで風子に通じなければ、それはそれでいい。

「…………」

しばらく意味を測るようにぼくの顔を見つめていた姉が、ふーと息を吐いた。

「……そう。やっぱりね」

「あんまり……驚《おどろ》かないんだな」

肩透《す》かしを食らった気分のぼくとは裏腹に、風子はもうすっきりとした顔をしている。

「ロンドンじゃめずらしくないもの。友達にも多かったし、アートスクールで石を投げればゲイに当たるって言われてたしね。——それに、ちょっとだけ予感もあったんだ。でもさすがにまさかぁ……って思ってたんだけど」

でもね、と思案げな顔つきで言う。

「あんたも父さんの子だもんね。昔っからあんたは優等生で、おかげであたしばっかり鬼《おに》っ子扱《あつか》いだったけど……もしかしたら本質の部分で親父《おやじ》のDNAを受け継《つ》いでるの、あんたのほうかもしれないね」

「俺が……親父の？」

「頑固《がんこ》で天《あま》の邪鬼《じゃく》でプライド高くってさぁ。こういう男に惚《ほ》れると女は苦労すんのよ」

母さんがいい例よ。そうつぶやいて、風子は頬《ほお》づえをついた。

親父が死んでおふくろの肩にぼくらの生活という重石《おもし》が食い込んだ——というのは、実は正確な表現ではない。本当のことを言えば、父が死ぬ前から鳴沢家の稼《かせ》ぎ手は母ひとりだった。

父は報道カメラマンだったが、通信社を辞《や》めてから胃ガンで倒《たお》れるまでの五年間、見事に一円の金も家に入れなかった。

ふらりと出ていったきり何ヶ月も山を放浪《ほうろう》し、生活のためではなく自分のためだけにシャッターを切り、予告もなく浮浪者《ふろうしゃ》同然の身なりで帰ってきては、一週間と置かずまたいなくなる——それの繰《く》り返し。

今ぼくが父の顔を思い出せないのも、家族の写真がないのも、それほど彼とぼくらの交流が薄かった証《あかし》なのだろう。

父の葬儀《そうぎ》のあと、母が庭で膨大《ぼうだい》な量の写真を焼いていたことだけは覚えている。父が放浪の果てに撮りためた一連の山の写真を、母はネガもろとも焼いた。その後ろ姿と、立ち昇っていく白い煙が子供心にもひどく寂《さび》しい気がして、隣《とな》りにいた風子の陰に隠《かく》れて泣きべそをかいた。

今思えば、母にとってはあれこそが父の葬儀であり、決別の儀式であったのかもしれない。

ぼくが美大受験を望んだ時、母は蒼白《そうはく》になって叫《さけ》んだ。

『それだけは駄目《だめ》！　あの人と同じ途《みち》を行くことだけは絶対に許さない‼』

そうして、初めてぼくの前で泣いた。


勘定《かんじょう》を済ませて戸口をくぐったぼくに、先に出ていた風子がペコリと頭を下げた。

「ごちそうさま。結局また奢《おご》られちゃったぁ」

「ツケにしとくから、取り立ての日まで無駄遣《むだづか》いするなよ」

はーい、と首をすくめ、ふと遠くを見る。

「母さん、もう寝《ね》たかな」

さすがに深夜も二時を過ぎると、駅前とはいえ閑散《かんさん》としたものだ。シャッターの下りた商店街を歩きながら、風子がショールを羽織《はお》った。

「冷え込んできたね」

「もう十月も終わりだもんな」

「ねぇ」

「ん？」

「見合い。はっきり断りなさいよ」

「……ん」

あいまいなリアクションを返したぼくを、丸い瞳がじっと見つめてくる。答えずにいると、つと目線を外して白い息を吐《は》いた。

「こんなこと言うと親不孝の上塗《うわぬ》りだけど。でもあたしも親になったから。だから言うけど。親のために生きるのは駄目よ。母さんを喜ばすために自分を曲げちゃ駄目よ。親はね、先に死ぬんだから。母さんが死んでからも……あんたはずいぶんと長く生きていかなきゃなんないんだから」

「…………」

「自分を曲げて、その時はどうにか辻褄《つじつま》を合わせた気になっても……いつか絶対破綻《はたん》がくるわよ。後悔《こうかい》するわ」

そうつぶやいた姉の横顔は、今まで見たどれよりも厳しかった。

「大人になる時はね、引き換《か》えに何かを捨てなくちゃいけないの。人間ってキャパシティが狭《せま》いから……何かを得るためにはそれと同じくらいのものを失わなきゃいけないのよ。つらいけど、そうしなきゃ先に進めないの。あれもこれもって荷物を持ちすぎると、坂道の途中《とちゅう》でへばっちゃうでしょう？　それと同じ」

風子は――モモを得るために何を失ったのだろう。

「後悔するような生き方だけはしちゃ駄目。キツい坂道でも、好きな相手と一緒ならつらさも半分でしょ。悲しいとか苦しいとかだって、生きてるからこその感情で……死んじゃったらなんにも感じられないんだから。だから……後悔しないように生きなきゃ駄目よ」

それきり姉は口をつぐんだ。

死んだ親父のことを言っているのかと思い、すぐに違《ちが》うと思い当たった。

ぼくの知らない――だが風子にとってはとても大切な――誰《だれ》かのことを言っている。

おそらくは、モモの父親。

むろんただの憶測《おくそく》でしかない。けれど間違いないと思った。そして、確かめる気はなかった。

風子が自分からそのことを話す気になるまで、こちらから探るようなまねはすまい。

きっとそれは、弟とはいえ第三者がズカズカと踏《ふ》み入っていいような場所ではないから。風子にとっては大切な、とても神聖な思い出だろうから――。

「でもね」

気を取り直したようないつもの口調で、姉がひょいと顔を覗《のぞ》き込んでくる。

「ＨＩＶにだけは気をつけてよぉ」

今度はぼくが釘《くぎ》を刺《さ》される番らしかった。

「わかってるよ」

小さく笑って、ぼくらは子供の頃《ころ》のように身を寄せ合い、家路を急いだ。

5

「若い人同士でお話もあるでしょうから、そろそろわたしたちは席を外しましょうか」

テレビドラマそのままのセリフで、若くない四人の大人たちが立ち上がった。

はりきり顔の仲介役《ちゅうかいやく》——看護婦長のおばさんがぼくに意味ありげな視線を投げかけ、緊張《きんちょう》に顔を強ばらせた母を促《うなが》す。

「娘《むすめ》をよろしくお願いします」

品のいい中年夫婦もにこやかに立ち上がり、娘に微笑《ほほえ》みかけるとゆったり退場していった。

慇懃《いんぎん》なボーイの見守る中、ティーセット越《ご》しに向かい合ったぼくと彼女は、こうして、ホテルの喫茶室《きっさしつ》に取り残されたのだった。

日曜の午前八時——熟睡《じゅくすい》していたところを叩《たた》き起こされた時、母はすでに着付けを済ませ、訪問着に身を包んでいた。
『あんたがぐずぐずしてるから、こっちで話を進めさせてもらったよ』

夢うつつの判別もつかず、ただ呆然《ぼうぜん》と母の顔を見上げるばかりのぼくに、有無《うむ》を言わせぬ強さをもって宣告が為《な》された。

『これじゃあまったくのだまし討《う》ちじゃないか!』

『二十七にもなる息子《むすこ》の意思はまるで無視かよ⁉』

息子のかつてない剣幕《けんまく》にも母は揺《ゆ》るがず、居直りに近い不敵な構えで応戦してきた。

『いまさらキャンセルはきかないからね。向こうさんはすでに出発されているだろうから』

勝機はなかった。長年の葛藤《かっとう》に答えを出せないまま、多忙《たぼう》を理由に結論からずるずると逃《に》げてきたぼくには、そもそも母を罵《ののし》る権利などありはしなかった。そのことは誰《だれ》よりわかっていて、それでも観念するためには、なんらかの通過儀礼《ぎれい》が必要だったのだ。

近隣中《きんりんじゅう》の安眠《あんみん》を妨害《ぼうがい》する大舌戦《だいぜっせん》の末、結局のところぼくは、砂袋《すなぶくろ》を下げているみたいに重い腕《うで》でのろのろとネクタイを結び、おざなりに髪《かみ》をとかした。

見送りに出てきた風子の顔にも、はっきりとぼくの優柔不断《ゆうじゅうふだん》を責める色が浮《う》かんでいた。

「悦から連絡《れんらく》あったら、ちょっと急用ができたって……こっちから連絡すると伝えて」

姉の目を避《さ》けながらそれだけを言い、逃げるように家を出た。

「いってらっちゃーい」

モモの無邪気《むじゃき》な声が、寝不足《ねぶそく》の背中に突《つ》き刺《さ》さった。

「すみません。五分だけ。電話をかけてきていいですか？」

腰《こし》を浮かすと、高知《こうち》美果《みか》は神妙《しんみょう》な顔つきでコクンとうなずいた。

公衆電話に歩み寄りながら、そういえば彼女の声を聞いていないなと思った。仲介役のおばさんの質問にうなずくか、首を振《ふ》るかのどちらかで。しかし、あの乗りで仕切られたら、たとえ彼女が尾崎先輩《せんぱい》並みの舌鋒《ぜっぽう》の持ち主であったとしても、口をはさめるチャンスは一度あるかないかだろう。

すっかり指が覚えてしまっているナンバーをプッシュして二十コール待ってみたが、留守電《るすでん》に切り替わる気配もなかった。

実入りがいいという新しいバイト——深夜の肉体労働の余波で、前後不覚なほど眠《ねむ》りこけているのか、それとも近所の定食屋に飯でも食いに行っているのだろうか。いずれにせよ連絡はつきそうになかった。

アフリカ行きの予行演習がしたいと言い出した悦と、今日の動物園行きを決めたのは先週の日曜日。だがさすがに悲観性のぼくも、その時点で一週間後にセットされた時限爆弾《ばくだん》を予知することまではできなかった。

これが終わったら直接アパートに行ってみようと決めて、受話器をフックに戻《もど》す。

振り返った先に、ピンと背筋を伸ばした細い背中が見えた。お嬢《じょう》さんが好みそうなベージュのワンピースと、服地にきちんと色味を合わせた五センチヒール。適度にサイドにレイヤーが入った黒髪が、肩甲骨《けんこうこつ》のあたりでお行儀よく揃《そろ》っている。

「すみませんでした。ちょっと勘違《かんちが》いをして……友達と約束してしまっていたので」

正直に言っておこうと思った。今日の朝まで知らなかったことは、さすがに白状しないまでも。

「連絡はつきました？」

心配そうな声が返ってくる。思ったよりしっかりとした口調だ。

「いや、でも大丈夫です。気心の知れた相手ですから……飯でも奢《おご》ればそれで済みますよ」

ほとんど自分に言い聞かせるようなぼくの希望的推測にうなずき、紅茶のカップを手に取る。やがてソーサーに戻されたそれが不自然な不協和音を立てるに至《いた》って、ようやくぼくは彼女の指の震《ふる》えに気がつき、改めてその小さなうりざね型の顔を見た。

二十歳と聞いて、いかにも成人式といった晴れ着姿の写真を見てもピンとこなかったが、実際にこうして目の当たりにすると、さらにその年齢《ねんれい》が疑わしく思えてくる。

若いというより、ほとんど幼いといっていいくらいだ。一応化粧《けしょう》はしているが、照明の光を受けて金色の産毛《うぶげ》がきらきらしている。

ぼくの視線に困惑《こんわく》したらしく、つぶらな瞳《ひとみ》が瞬《またた》いた。しばらく目線を伏《ふ》せてから、不意に思いきったように顔を上げる。

「あの、わたし。慣れていなくって……」

「ぼくだって見合いなんか慣れていないですよ」

「そうじゃないんです。男の人とふたりきりで話すの……初めてで」

つい沈黙《ちんもく》してしまったぼくに、あわてて言い添《そ》えてきた。

「いえ、あの。先生とか親戚《しんせき》のおじさんとか、近所の酒屋さんとかは別で……つまり若い男の人っていう意味……」

「ああ……なるほど」

内心面食らいながらも、形ばかりの笑《え》みを口許《くちもと》に浮かべる。それでもそれに力を得たのか、美果は懺悔《ざんげ》を口にする子供のような真摯《しんし》な口調で言った。

「幼稚園《ようちえん》から短大まで一貫《いっかん》教育のミッション系の学校で、周りに女の子しかいなかったんです」

しかも、貴重な異性体験の場である就職はしていない。そうして——男のなんたるかも知らず、恋愛《れんあい》の導入部分にすら足を踏《ふ》み入れぬまま、親の薦《すす》める見合い相手と結婚《けっこん》しようとしている。

ぼくの学生時代でさえ、クラスメートの女子の過半数はボーイフレンドを用途《ようと》によって使い分け、プレゼントのブランド品を質屋に流していた。今は素人《しろうと》でも、下手すりゃ高校生だって躊躇《ちゅうちょ》なくグラビアで脱《ぬ》いでしまう時代だ。

そのことがいいとはもちろん思わないが、天然記念物並みの庇護のもと、親の願う幸せのレールを脇目《わきめ》もふらずに進むことが、果たしてベストなのかは疑いが残る。

「鳴沢さんのお仕事って、どんなことをなさっているんですか?」

一向にイニシアティブを握《にぎ》らないぼくにさすがに焦《じ》れたのか、美果が見合いの場にふさわしい質問を投げかけてきた。

「そうですね……美術展の企画を立てて美術館に売り込んで、買ってもらえれば開催《かいさい》までの雑事——メディアへの働きかけとか、ポスターやパンフレットの手配等を全部こなして。オーナーさんをまわって貸し出しの交渉《こうしょう》もしますし、運送会社とか保険屋さんと金銭的な交渉も……まぁ、要は裏方雑務全般《ぜんぱん》です」

われながら下手な説明だった。多分わからなかったろうな、と思ったが言い直す気力もなく、冷め始めたカップを口に寄せる。

「素敵《すてき》ですね。芸術に携《たずさ》わるお仕事なんて」

やはり、伝わらなかったようだ。

「地味で忙《いそが》しいばかりで、その割りには給料が安いんですよ」

「でも、お好きだからやってらっしゃるんでしょう?」

「ええ、まぁ」

「ならお給料は関係ないじゃありませんか」

まじめな顔つきでそう言いきる彼女を、純粋《じゅんすい》と評していいのかしばし悩《なや》んだ。

『女は打算的だ』というのはフラれた男の定番の恨《うら》みごとだが、すべてとは言わないまでも、半数以上の女性の習性を表してはいるのだろう。

女性の遺伝子が、より優秀《ゆうしゅう》な子供の誕生を望むのは自然の摂理《せつり》だ。そのためにできる限り優秀な遺伝子を探《さが》し求め、また出産後もきちんと育て上げるだけの財力と強さを持った伴侶《はんりょ》を選ぼうとするのは当然のことと思う。

高知美果は、おそらくまだその段に達していないのだ。女としてのずるさや恐《こわ》さの種を身の内に育《はぐく》んでいるとしても、意識上に浮《う》かぶほどは熟していない。それほどまだ何も知らず幼いのだ。

だがそのピュアさは、ぼくには好ましいものに思えた。

ぼくにはないものだから。

もう二度と、取り戻《もど》せないものだから。

胸の奥がほんのり甘酸《あまず》っぱく、それでいてじんわりと痛いような——その感覚は、悦と一緒にいて時折感じる切ない気分と、少し似ている気がした。

彼女との結婚生活とやらを思い浮かべてみる。２ＬＤＫのこぎれいなマンションに飾《かざ》られた四季折々の草花。白木のテーブルにセットされた家庭的な料理。薄《うす》いベージュのカーテン越《ご》しの午後の木洩《こも》れ日《び》……。

女性誌のインテリア特集みたいな情景がいくつか浮かんだが、それで限界だった。その部屋にどうしても、住人の気配を感じ取ることができない。

ぼくの想像力が極端《きょくたん》に乏《とぼ》しいのか。それとも、やはりぼくには普通の男が持っているべき何かが欠落しているのか。

「……出ましょうか」

すっかり冷めてしまったカップを端《はし》に寄せて、ぼくは立ち上がった。


約束どおりの四時に美果を自宅の前まで送り届けたぼくは、いったん会社に立ち寄ってから悦のアパートへ向かった。

夕闇《ゆうやみ》に押し潰《つぶ》されそうな古いアパートの二階を見上げると、悦の部屋だけ明かりがない。扉《とびら》を前に彼のテリトリーを二、三思い浮かべてもみたが、結局合鍵《あいかぎ》で中に入った。

下手に動いて入れ違《ちが》いになるよりは、ここで待ったほうが効率がいい。

そう思って薄暗い部屋を見回した。六畳《ろくじょう》の室内はいつにも増して汚れきっている。ため息を噛《か》み殺しつつ、ベッドの上に散乱する衣類に手をかけた。とたん、ふとんの山がもそっと動く。

「……っ」

思わず声をあげそうになって、ふとんの端から覗《のぞ》く足の指に気づいた。電気を点《つ》けると、塩をかけられたなめくじみたいにモゾモゾと山がうごめく。

「そんなことしてると夜眠れないぞ」

返答の代わりに乱れきった頭が覗いた。眉《まゆ》をしかめて目を閉じた顔が続く。

「……何時？」

「六時十分」

マジかよ——かすれたつぶやきのあと、悦は半身を起こした。ライオンのたてがみよろしく逆立った頭をゆるゆると振《ふ》って、半開きの両眼《りょうめ》をぼんやりと宙に留める。

「例の深夜工事のバイトだったのか？」

うなずきながら枕許《まくらもと》の煙草《たばこ》を探る手に、ぼくはすかさず灰皿を渡《わた》した。

「今までずっと寝ていたのか」

今度は首が横に振られる。

「朝十時に帰ってきて……一時に一度起きた。水城と約束してたからさ。電話して……そのあとまた寝た」

「風子が出た？」

「……うん」

顔を背《そむ》けたまま悦が黙《だま》り込んでしまったので、ぼくはとりあえず部屋を簡単に片づけた。さすがに今日はちゃんとやる気力がなかった。

流しの洗いものをひととおり終了《しゅうりょう》した頃、悦はようやくふとんから這《は》い出てシャワーを浴び、さっきよりはかなりまともな顔つきで戻ってきた。

ぼくは悦の隣《とな》りに胡座《あぐら》をかき、先程会社から持ってきた紙袋《かみぶくろ》を差し出した。

「だいぶ遅《おく》れちまったけど、まだ日本に入ってきていなくて取り寄せていたんだ。おととい届いたから」

中から現れた大判の装丁《そうてい》本に悦が息を呑《の》む。

「ハーブ・リッツの『AFRICA』!?」

叫《さけ》ぶなり、もどかしげに解説ページをめくった。写真が始まると食い入るように紙面を見つめる。

スコーンと抜けた白い砂漠《さばく》に立つ、まるでオブジェみたいな黒い裸体《らたい》。民族衣装《いしょう》に身を包んだ若者の四肢《しし》は、野獣《やじゅう》のそれに勝るとも劣《おと》らない躍動感《やくどうかん》をこちらに見せつける。絡《から》み合うキリンの長い首。突進《とっしん》するサイ。

モノクロームで再現された『AFRICA』は、これまでのリッツの都会的な作風とは一線を画し、実にヌケのいい、骨太な写真集に仕上がっている。

紙面いっぱいに写し出された漆黒《しっこく》の貌《かお》。そこに輝《かがや》く気高い双眸《そうぼう》と目が合った瞬間《しゅんかん》、悦は何かに撃《う》たれたように息を止めた。

その横顔がうっすら上気していく様を、ぼくは黙って見つめる。

地球写真家といわれたアンセル・アダムスを心の師と仰ぐ悦郎が、アフリカ行きを口にし出したのはいつの頃だっただろう。

アダムスが、その生涯《しょうがい》をかける撮影地としてヨセミテ国立公園を選んだように、自分もまた彼の野生の王国に身を投じたい。

赤い砂塵《さじん》。どこまでも続く地平線。生と死の生々しい共存――。

灼熱《しゃくねつ》の草原を、咆哮《ほうこう》に満ちた真の闇《やみ》を。

請《こ》われるまでもなく、おまえと共に行くことが、俺にとっても見果てぬ夢だった。

おまえと一緒に……。

最後のページに記された、ロケ地を表わすクレジット――SAFARIやTANZANIA等の英字をしばらく眺《なが》めて、悦は写真集を閉じた。愛《いと》しそうに表紙を手のひらで撫《な》でる。それからゆっくり顔を上げた。

「水城はやっぱりオレが一番欲しいものをわかってる。ありがとう。本当にうれしいよ。これ、誕生日にくれたんだろ?」

やっぱり忘れていなかったんだと、その目が確認したがっていた。

忘れられるわけがないじゃないか。おまえの誕生日は俺にとっても特別な――大切な日だ。

その日がやってくるたび、俺は何かに感謝せずにはいられない気持ちになる。

だがそれを口にするどころか、感情の片鱗《へんりん》すら垣間《かいま》見せることを恐《おそ》れて、ぼくは悦の視線を避《さ》けた。そうすることが、この五年間の習いになっていた。

普段の悦ならば、とうに諦《あきら》めているところだ。だが今日の彼は、ぼくの横顔から自分の欲しい答えを探り出そうと、いつまでも執拗《しつよう》な視線を寄せてくる。

その一途《いちず》さがつらくて、ぼくは訊《き》いた。

「風子は……なんて……言ってた？」

悦が嫌《いや》なことを思い出したように眉を寄せた。苦い顔つきで吐《は》き出す。

「……見合いだって」

その瞬間、どこか頭の片隅で、カチリと歯車が嚙《か》み合う音がした。

風子は本当のことを悦に告げた。そのことが、ぼくにはとても大きな布石に思えた。

『大人になるためにはね、何かを捨てなきゃいけないのよ』

姉の言葉が、驚《おどろ》くほど鮮明《せんめい》に耳に還《かえ》る。

点々と軌跡《きせき》を描《えが》く石。だが最後の石を積むのは、ぼく自身でなければならない。

「でもそれっておばさんに泣きつかれたからだろ？　風子さんも言ってたけどしがらみってやつだよな？　しょうがねぇよなぁ。親って意味もなくうるせぇからさ」

自分に言い聞かすみたいに早口でしゃべっていた悦が、ふと黙った。ぼくの顔を覗き込むようにして囁《ささや》く。

「水城?」

深呼吸のあと、ぼくは真正面の悦に小さく微笑《ほほえ》みかけた。

「悦」

「……水」

「もう……やめよう」

直後、ぽっかりと開いた悦の口が「何?」とつぶやいて唐突《とうとつ》に閉じる。ほぼ同時に、両目が限界まで見開かれた。

「もうこんなふうに会うの……やめよう。このままじゃ俺たち駄目《だめ》になる。だから……やめよう」

悦と離《はな》れ離れになったら、ぼくは抜《ぬ》け殻《がら》の器《うつわ》だけを引きずって、残りの人生をただ生きていくことになるのだろう。だがそれはそれでいいじゃないか——という多分に投げやりな気持ちもあった。ぼくみたいな男には相応の生き方だ。

悦が誤った道を行き、堕《お》ちていくのを傍《かたわ》らで見続けるよりは、何倍も救いがある。

「何…言ってん…だよ」

ぼくの視界の中で、蒼白だった悦の顔がみるみる色を変えていく。激昂《げきこう》の紅へ。ブルブルと震《ふる》える拳《こぶし》。そうしてついに、わななく唇《くちびる》で彼は吠《ほ》えた。

「捨てるのかよ!?　オレのこと捨てるのかよ、水城ぃ!!」

怒鳴《どな》りながら、ベッドの縁《ふち》を躊躇《ちゅうちょ》のない激しさでガツッと殴《なぐ》る。痛みを感じないのか、皮膚《ひふ》が裂《さ》けて血の滲《にじ》んだその拳を庇《かば》うこともしない。

「…………」

大切だからこそ捨てるのだ。――そう言ったところで聞き入れてはもらえないだろう。

だがいつか必ず、これでよかったと思える日がやってくる。

不思議な関係ではあったけれど、あの時は必要だったのだと、ほろ苦くも懐かしく思い出せる日がきっと……。

今ならまだ思い出にできる。

決意を胸にまっすぐ視先を向けるぼくを、悦は途方《とほう》に暮れた子供みたいな顔で見返してきた。

しかしほどなくそれは怒りの形相《ぎょうそう》に変わる。

「今日の見合い相手……そんなに気に入ったのかよ?」

口にするのも苦々しいというように、押し殺した低音が漏《も》れた。

「そんなんじゃない。彼女は関係ない」

そうであったのならどんなにいいか。

「じゃあなんで!?」

「ずいぶん前から考えていた。おまえは違《ちが》う。違うんだ。こんなふうに生きていくやつじゃない。大手を振《ふ》って歩けないような……そんな生き方をするべきじゃないんだ」

キャンパスでの悦を見るまでもなく、それは明らかなことだった。悦はぼくとは違う人種だ。二十年近く誰《だれ》より側《そば》で見てきたのだ。それは断言できる。

悦は決して、ぼく以外の男と寝《ね》たりしない。そんなこと、考えもしないだろう。

ぼくとのことさえなければ間違いなく、会社勤めの五年目くらいで大学の同期の彼女と結婚《けっこん》して、子煩悩《ぼんのう》な父親になれるはずだ。

「なんだよ、それっ⁉」

悦がもうほとんど悲鳴のような声を出した。

「なんだよ大手振ってって?……なんでそんなこと言うんだよ⁉　ふざけんなっ、関係ねぇよ‼　他人が何言おーがそんなん関係ねぇだろ⁉」

「俺は…っ」

絶叫《ぜっきょう》に煽《あお》られ、今にも爆発しそうな激情を渾身《こんしん》の力で堪《こら》える。

「俺は……おまえにまっとうな人生を送ってもらいたいんだ。かわいい嫁《よめ》さんもらってガキ作って。年取ったら孫を抱《だ》く……そんな、普通の……」

ありきたりで凡庸《ぼんよう》だけど、それでもぼくには一生かけても果たせない。

「まっとうってなんなんだよ?　誰が決めるんだよ、そんなの。他人か?　世間一般の常識ってやつかよ⁉」

大股《おおまた》で近寄ってきた悦が、荒々《あらあら》しくぼくの胸倉を摑《つか》み、引き寄せた。至近距離《きょり》からギラギラとした眼光で睨《にら》みつけてくる。

「じゃあオレの気持ちは？　オレが水城のこと好きだっていう……この気持ちはどうなるんだよ⁉」

寝すぎのためだけでなく充血した赤い目から、ぼくは視線を逸《そ》らした。

「答えろよ、水城っ」

ガクガクと揺《ゆ》さぶられても、唇《くちびる》をきつく嚙み締《し》め、顔を背け続ける。そのうちふっと胸許《むなもと》の圧迫《あっぱく》が消え、俯《うつむ》いた悦から力のない声が零《こぼ》れ落ちた。

「水城が好きだよ。ずっと、ずっと好きだよ。ガキの頃からずっとオレの番《つがい》の相手は水城しかいない。それじゃあ……ダメなのかよ？」

「もう決めたんだ」

自分の声じゃないような硬《かた》く冷酷《れいこく》な声音《こわね》を、遠く意識の彼方《かなた》で聞いていた。ぼくから手を離《はな》した悦が、頭を抱《かか》えてしゃがみ込む映像もひどく遠い。

自分で口にして——悦に問われて改めて気がついた。

ぼくが悦に望んでいることは、母がぼくに望む『幸福のビジョン』と寸分も違わないことに。

あれだけ自分では反発して、平凡《へいぼん》な幸せなんてものを心のどこかで見下してきたくせに、悦のこれからを思う時に真っ先に思い浮かぶのは、そんな笑っちまうほど陳腐《ちんぷ》な『幸せの書き割《かわ》り』でしかない。

嘲笑《ちょうしょう》に似た何かが腹の底から沸《わ》き上がってきて、ぼくは声を出さずに嗤《わら》った。

（……最低だ）

だが、最低でもいい。

大人になる。

ぼくは今まで、何度誕生日を迎えても就職しても、それなりに社会に順応した自分を発見しても、自分が大人になったと自覚することができなかった。いつもどこか中途半端《ちゅうとはんぱ》な自分を感じていた。

けれど今わかった。ぼくが大人になれるのは、ぼくが悦を解放して、あるべき姿に戻《もど》してやれた時なのだ。

（本当だ……風子）

先に進むっていうのは……とんでもなくつらいもんだな。

胸が——痛い。石を何個も押し込まれたみたいに胸が苦しい。ただ立ってることにも耐《た》えられず、苦しさを紛《まぎ》らわすためにジャケットを手に取った瞬間《しゅんかん》、背中にどんっと衝撃《しょうげき》を感じた。

むしゃぶりついてきた悦が、ぼくを後ろからきつく抱《だ》きすくめて叫《さけ》ぶ。

「やっぱり嫌《いや》だ！　別れるなんて、オレ絶対っ‼」

「……悦」

わざとついた大袈裟《おおげさ》なため息を、悦は自分の唇で塞《ふさ》ぎ込もうとした。

「や、めろ」

身をよじって逃《のが》れようとして、両腕をぐっとねじ曲げられる。鳩尾《みずおち》に拳が入った。

「……うっ！」

うずくまった上体を抱えられ、ものすごい力でベッドまで引きずられる。

「放…せっ」

暴れるぼくを軽がると肩《かた》に抱え上げた悦が、ベッドの上にどさりと落とした。体勢を整える間もなく、大きな体が伸《の》しかかってくる。蹴《け》り飛ばそうとしたが、逆に膝《ひざ》で胃のあたりを押さえ込まれた。視線の先の昏《くら》い瞳《ひとみ》。逆らえば容赦《ようしゃ》なくその膝がめり込んでくることを、悦はその殺気だった双眸だけでぼくに知らしめた。

行き場のない憤《いきどお》りとやるせなさ、そして悲しみに引き歪《ゆが》んだ顔。

体さえ重ねれば取り戻せると信じている若さが悲しかった。

「……やれよ」

低く囁《ささや》いたぼくの上で悦が動きを止める。

「これが最後だ。リクエストしろ」

赤く濁《にご》った目が、ゆるゆると見開かれた。

「銜《くわ》えて欲しいか？　いくらでもしゃぶってやるぜ。いきなり本番がよければそれでもいい」

挑発的な笑《え》みを浮かべ、シャツの前立てにみずから手をかける。ボタンを外し始めたぼくを、悦は瞬《また》きもせずに激しく睨んでいたが、不意にギュッと目をつぶった。喉《のど》の奥から低いうめき声が漏れる。

「………っ」

うなだれてしまった悦の褐色《かっしょく》のうなじが、何かを堪《こら》えるように小さく揺《ゆ》れるのを、ぼんやりと見つめる。

数分待ってみたが、熱い腕がふたたび抱き締めてくる気配はなく――どうやらぼくは、彼の熱を自分の肉体に刻みつける最後のチャンスすらも失ったらしかった。

動かない悦をそのままに、そっと身を起こす。ベッドから下り、床《ゆか》に落ちていたジャケットを拾い上げるのも含《ふく》めて、玄関《げんかん》まではわずか五歩で辿《たど》り着いてしまった。最後の余韻《よいん》を偲《しの》ぶには短すぎる距離《きょり》だと、そんなことを思いながら靴《くつ》を履《は》く。冷たいドアノブに手を伸ばした時、背後で悦がつぶやいた。

「なぁ」

ぼくに――というよりは、ほとんどひとりごとに近い口調。

「もう一度……ジャングル大帝《たいてい》唄《うた》ってくれよ」

「…………」

「唄ってよ」

ドアの薄《うす》い隙間《すきま》に身をすべり込ませる。後ろ手に扉《とびら》を閉めてから、ぼくはその鉄の肌に背を預け、しばらく闇《やみ》をじっと睨んだ。

6

悦と連絡《れんらく》を断って二週間が過ぎようとしていた。

初めの一週間、ぼくの日常生活に危惧《きぐ》していたほどの変化はなかった。朝起きて会社に行って、ルーティーンな仕事をこなし、帰宅後はアルコールを流し込んで寝《ね》る——そんな繰《く》り返しが七日間。おそらくは、悦を解放してやれたことへの多少の自負が、ぼくを支えていたのだと思う。

だがその効力にもいずれ限界があったようだ。初回で受けたボディブローが後半のラウンドで下半身の自由を奪《うば》うように、二週間目に入る頃《ころ》から、ぼくの肉体も徐々《じょじょ》にオーナーの意に背《そむ》き始める。

まず食欲が去り、それと連動して安らかな眠《ねむ》りを失った。

唯一《ゆいいつ》受けつける酒にカロリー摂取《せっしゅ》を全面依存《いぞん》したツケが、不眠症《ふみんしょう》という形で跳《は》ね返ってきたのだ。どれほど疲《つか》れていても、アルコールが切れた瞬間《しゅんかん》にパチッと目が覚める。そうなってしまえば、睡眠薬《すいみんやく》でも飲まない限り、もはや二度と眠れなかった。

蓄積《ちくせき》された睡眠不足は、当然ながら日中の集中力の低下を誘《さそ》う。入社以来初めて、ぼくは会議の途中《とちゅう》で居眠りをした。自分から行動を起こすのが億劫《おっくう》になり、机の上の書類の山をぼんやりと眺《なが》めていることが多くなった。

何かに集中できれば楽なのだと、頭ではわかっていても気力が追いついてこない。あれほど燃えられた企《き》画《かく》の仕事も、三度の飯より好きだった写真も、今の自分からはひどく遠いものに感じられた。

こんな状態がこれから先もずっと続くのかと思うと、正直かなりうんざりした。体の傷なら、どれほど深いものでも三日で癒《い》え始める。ではこの空洞《くうどう》が、塞《ふさ》がらないまでもせめて血を流さなくなるには？

一年でも長い気がしたし、二十年では短い気がした。

ひとつだけはっきりしていることがある。

これが完治することは、ぼくが生きてこの世にいる間にはない――ということだ。


それでもサラリーマンたるもの、一日が始まれば出勤しなければならない。

月曜の朝、鉛《なまり》を呑《の》み込んだみたいに重苦しい胃を抱《かか》え、いつもの満員電車に乗り込んだぼくは、密接した人の熱と不定期な揺れにたちまち気分が悪くなった。我慢《がまん》できず、乗り換え駅の洗面所へ駆《か》け込む。

込み上げる吐《は》き気にいくら喉を開いても、滴《したた》るのは申し訳《わけ》程度の胃液だけ。ここ数日まともに食べていないので、吐き出すものさえないのだ。仕方なく、口腔《こうこう》内の苦みを水で流した。顔を上げた瞬間、やつれた面立ちの男と目が合う。

鏡の中の顔は記憶《きおく》よりもひとまわり小さい。額に覆《おお》い被《かぶ》さる前髪《まえがみ》の陰《かげ》からこちらをすくい見る——精気のない両眼《りようめ》。パサパサと毛羽立ち、白さをとおり越《こ》して青い肌《はだ》。色のない唇。

負け犬の顔だ。……負けたくせに未練がましい、嫌な目つきだ。

洗面台に頭を突《つ》っ込み、蛇口《じやぐち》から直接水を浴び、まさしく犬さながら頭をブルブルッと振《ふ》った。濡《ぬ》れた髪を掻《か》き上げ、ジャケットの肩《かた》に雫《しずく》を滴《したた》らせたまま公衆電話へと向かう。

会社に連絡を入れると、ホームに戻ってベンチに足を投げ出した。神経がどこか麻痺《まひ》してしまっているのだろう。通勤途中の人々の視線も不思議なほど気にならない。

冷気に触《ふ》れた水分が凍《こお》るように冷たかったけれど、かえって嘔吐《おうと》感を鎮《しず》めてくれるようで心地よかった。

風にふかれて、ぼくは悦を想った。

声が聴《き》きたい、と切に思った。

あれ以来彼から連絡はなく、もしかしたらぼくのいない間にあったのかもしれないが、風子は何も言わなかった。ぼくも敢《あ》えて問わなかった。

どこに、いるのだろう。

何を、想っているのか。

この程度のブランクは過去にいくらでもあった。でもやはりそれとは全然違う。

これほど悦を遠くに感じたことはなかった。

そして、今ほど彼の熱を欲したこともなかった。

期待に反して二十年分の思い出がなぐさめてくれることもなく、過去を思うことはまだ苦痛だ。切なく浸《ひた》れるまでには、やはりそれなりの時の洗礼とやらが必要なのだろう。

今のぼくにできることは、今現在の悦を想うことくらいで……それくらいは自分に許してやりたかった。

それすら禁じてしまったら——ぼくはもう、ここから一歩も動けそうになかった。


どうにか会社に辿り着いたのは昼過ぎ。

エレベーターホールで、昼食を取りに出かける同僚《どうりょう》たちとすれ違《ちが》う。

青山の古いマンションの一室のドアを開けると、とうにランチに出たとばかり思っていた佳子さんが、ひとりぽつんとデスクに残っていた。ぼくが近づいても雑誌から視線を上げず、誌面に熱中している。

彼女の隣席《りんせき》のデスク上に鞄《かばん》を置き、椅子《いす》を引いたところで、ようやくページをめくっていた指が止まった。切れ長の目がちらっとぼくを斜《はす》に見る。

「昼、行かないんですか?」

ぼくが昼飯を食わなくなったので、彼女は最近、経理の女の子と出かけることが多い。

「真っ青よ、顔。大丈夫《だいじょうぶ》なの?」

「すみません。もう平気です」

精一杯《せいいっぱい》の笑顔を作ってみたが、つれなく無視された。……どうやらご機嫌《きげん》ななめらしい。

思い当たる節がありすぎて、これと絞《しぼ》り込めなかったぼくは、結局原因究明を諦《あきら》めた。腹に溜《た》めておけるタイプの人じゃないから、そのうち向こうからヒントをくれるだろう——などと自分勝手な棚上《たなあ》げをし、午前中のノルマ分の書類を引き寄せる。

まるで頭に入ってこない文字の羅列《られつ》を、それでも形だけ目で追っていると、パタンと雑誌を閉じる音が聞こえてきた。やがてキィと椅子を引く音。背後に人の気配を感じてほどなく、ひとりごとみたいな声音《こわね》がつぶやく。

「やっぱ言っとくかな」

背後を顧《かえり》みたぼくの目線を、佳子さんがまっすぐ捉《とら》えてきた。

「デートしちゃった。金曜の夜、悦くんと」

心臓がドクッと跳《は》ねる。

「…………」

衝撃《しょうげき》のあまり、かえってぼくの顔は無表情だったに違いない。

「本当はね、鳴沢くんあての電話だったの。でもあなた、あの日出先から直帰だったでしょう。だからそう伝えたら食事でもしませんかって」

ほんの少し、気まずい表情をしていた佳子さんが、だがすぐ挑《いど》むように唇《くちびる》の端《はし》を上げた。

「すっごく楽しかった！　あんなチープなデート、学生時代以来って感じだったけど。でも……なーんかよかったな。彼、コインゲームめっちゃうまいねぇ。三百円で二時間充分楽しめちゃった」

初めの衝撃をかろうじてやり過ごしたぼくを次に支配したのは、悦への憤《いきどお》りだった。第三者を巻き込むのは、いくらなんでもルール違反《いはん》じゃないのか。子供っぽい当てつけじゃ済まないことだってあるんだ。

「鳴沢くんのこと訊《き》いてたわよ。最近会ってないんだって？」

意味ありげな一瞥《いちべつ》のあとに幾分《いくぶん》そっけない口調が言った。

「元気だって言っといたわ」

複雑な心境ながらも、その配慮《はいりょ》には感謝した。そこで本当のことを——今のぼくの情けない現状を告げられてしまったら、すべてが水の泡《あわ》だ。

「アフリカ行きの話も少ししたんだけど、社会と向き合うことからの逃避《とうひ》ってわけじゃないみたいね。初めはよくありがちなモラトリアム青年？　とか、ちょっと思ってたんだけど……いろいろ話してみて違うなって」

ビューラーできれいにカールしたまつげが瞬《またた》く。

「彼、逃《に》げないのね。自分が本当に欲しいものが何かちゃんとわかっていて、それに対しては正直だし本当にまっすぐ。変に気負ったり、ひねたりもしてない。一貫《いっかん》して自然体。だから見てて気持ちいいのかなぁ。当たり前のことだけど、けっこう難しいよねそれって」

どんなに忙《いそが》しくてもメイクの手は抜《ぬ》かない佳子さんの横顔を眺めているうちに、ふと閃《ひらめ》いた。

……当てつけじゃなかったら？

悦はとっくにぼくのことなど過去にしてしまえていて、新しい恋《こい》の第一歩として佳子さんを誘ったのだとしたら？

あり得ないことではなかった。悦のぼくへの想いは肉親の情が変形したようなものだ。親許《おやもと》を離《はな》れたさみしさも、いずれ必ず新しい出会いに薄《うす》れる日がやってくる。

治まったとばかり思っていた嘔吐感《おうとかん》が急激に込み上げてきたのは、そんな仮説を組み立てた直後で、取り繕《つくろ》う余裕《よゆう》もなく立ち上がったぼくは、驚《おどろ》く佳子さんの脇《わき》をすり抜け、洗面所へ飛び込んだ。

「うっ……うぇっ……」

吐くものなんかとうにないはずなのに、ぼくの胃は痙攣《けいれん》をやめようとしない。身を削《そ》がれてなお、まな板の上で跳ね続ける――活《い》け造りのアジみたいに。

五分近い悪戦苦闘《くとう》の末、どうにか吐き気を治めて洗面所の扉《とびら》を肩で押すと、すぐ前の壁《かべ》に恐《こわ》い顔の佳子さんが寄りかかっていた。

「まるでつわりの妊婦《にんぷ》ね」

腕組《うでぐ》みでツカツカと歩み寄ってきて、吐き捨てる。

「自分がどんな状態か自覚ある？」

二十センチ弱の身長差から、必然的に彼女はぼくを見上げていたが、なぜかぼくのほうが見下ろされているような威圧感《いあつかん》があった。

「鏡見た？　せっかくの美貌《びぼう》が台なしだと思わない？　そんな死んだ魚みたいな目をしてろくに栄養も摂《と》らないで、まともな仕事ができると思う？　思ってるんだとしたらかなり甘いわよ」

矢継《やつ》ぎ早《ばや》のキツい連打。だが今のぼくにはガードする体力も組み合う気力もない。だから黙《だま》って下を向いた。

「あなたね、そうやってマゾッぽく、なんでもかんでも背負い込んでひとり占《じ》めする性格をどうにかしなさい。自己完結しすぎよ」

これは父親不在の家庭で育った長男の宿命《サガ》なんです。――そう言ったところで聞き入れてもらえそうにはなかった。

「何が原因かは知らないけど、このところのあなたの志気の低下はちょっと目に余るわよ。調子が悪いならきちんと病院で検査すべきだし、プライベートのトラブルはまず仕事に持ち込まないのが基本でしょう。持ち込まずにいられないほど参っているんなら、せめてパートナーであるあたしに一言相談があってもいいんじゃないの？　そうでなきゃフォローの入れようもないじゃない。──はっきり言ってね、今のあなたじゃ足手まといよ。辛気臭《しんきくさ》い顔を見てると、こっちまで気が滅入《めい》ってきちゃうわ」

「……すみません」

「しっかりしなさいよ。誰《だれ》だってつらい時くらいあるんだから。少なくとも好きなことを仕事にしてるんでしょう？　だったらそれまで投げ出しちゃダメ。それやったら本当になんにも残らなくなっちゃうわよ」

最後のほうは少し表情を和《やわ》らげ、諭《さと》すように佳子さんは言った。

いい人だな、と思った。

誰だって人に嫌《きら》われたくはない。年下とはいえ叱《しか》るのは恐いものだ。小さな集団の中の密な関係であればなおさら、なるべく波風を立てたくないと思うのが人情だろう。

おせっかいと陰口《かげぐち》を叩《たた》かれるのを恐《おそ》れずに言ってくれた。叱られる人間以上に叱るほうがつらいことは、ぼくにだってわかる。

「それで？　何か言うことはないの？」

腕組みの佳子さんが、細めた双眸《そうぼう》でぼくをすくい見た。

「もう少しして気持ちの整理がついたら」

「ついたら？」

「聞いていていただけますか」

本心から言った。

おそらくは不甲斐《ふがい》ない後輩を叱咤《しった》激励《げきれい》するために、昼抜きを覚悟《かくご》で待っていてくれたに違いない彼女に、ぼくもきちんと返したい。

いつの日か、必ずありのままのぼくを知ってもらおう。

その結果嫌われても、それはそれでいい——そう素直に思えた。

「いいわよ」

うなずいた佳子さんが、ふっと視線を緩《ゆる》め、今日初めての笑顔《えがお》をくれる。それからぼくの背中をぽんっと叩《たた》いた。

「すっかり遅《おそ》くなっちゃったけど、何か買ってこようか。鳴沢くんも栄養つけなきゃ。今日はきちんと口に入れて呑《の》み込むまで見張るからね」

その夜、九時に電話のベルが鳴った。受話器を取った風子が、二言三言会話をかわしたあとで、ぼくを手招いた。

「高知さんよ」

囁《ささや》くように告げると、何事もなかったみたいにテレビを見ている娘《むすめ》の側《そば》へと戻《もど》っていく。

あの見合い以来、高知美果からは三日ごとに定期連絡《れんらく》があった。

帰宅したぼくが一息ついた頃合《ころあ》いを見計らってか、いつも九時前後にかけてきて、『今、お話しても大丈夫ですか』と、必ず確認をしてから話し始める。そういう育てられ方をしたのだろう。

電話口からお世辞《せじ》にもリラックスしているとは思えない様子が伝わるたび、次こそはこちらから……と思うのだが、なかなか実行に移せない。

いつもどおり他愛のない話を十分ほどして、そろそろ決まり文句の「それじゃあまた。お休みなさい」を出すタイミングを計るぼくの耳に、予期せぬ問いかけが飛び込んできた。

『あの、あさってなんですけど、何か予定とか入ってますか?』

おそらくは相当の決意で切り出した台詞《せりふ》だろうに、それをこちらに覚《さと》られまいと、ことさら無邪気《むじゃき》な声色《こわいろ》を装《よそお》っている。

結論はお互《たが》いをきちんと把握《はあく》してから——という先方の要望もあり、ぼくはこの件についての明確な意思表示をまだしていなかった。

そこに考えが及ぶまでの精神的な余裕《よゆう》がない、というのが正直なところだったのだが、一瞬後、彼女にそんな台詞を言わせた自分に対する憤りが猛然《もうぜん》と込み上げてきた。

「日曜だよね。空いてるよ」

そう答えている自分にはほとんど殺意すら抱《いだ》いたが、美果の声は急に明るくなった。

「どこに行きたいの？——ああ、遊園地？」

思わず苦笑した。なんと王道な。

時間だけを決めて受話器を置く。すると、いつの間にかソファに座っていた母が探るような視線を向けてきた。その後ろで風子は知らん顔をしている。姉は弟の不甲斐なさが腹立たしいのだ。多分ぼくと同じくらいに。

何か言いたげな母に背を向け、ぼくは二階の自室へと足早に退却《たいきゃく》した。


日曜日。

車のキーを取りに戻った玄関《げんかん》で、奥の部屋から出てきた母とぼくは鉢合《はちあ》わせした。

「出かけるのかい？」

妙《みょう》に明るい声を出した母が、突然《とつぜん》ぼくの腕を摑《つか》んだかと思うと、手のひらに何かを押しつけてくる。

「なんだよ、これ」

丸まった一万円札に眉《まゆ》をしかめた。

「いいから持ってきなさい。高知さんと会うんだろ」

「いいって。こんなのいらないよ」

「デート費用は多いに越《こ》したことないんだから、ほら」

手を払っても、むりやりポケットに押し込もうとする。

「いらねぇよ！」

思わず声を荒《あら》らげた瞬間《しゅんかん》、母と目が合い、小さく息を呑《の》んだ。まるで自分のことのように、生き生きと瞳《ひとみ》が輝《かがや》いている。……この人のこんな表情を見るのは何年ぶりだろう。

少なくとも、母を幸せにすることはできる。

見出した一縷《いちる》の救いにも倦怠感《けんたいかん》は拭《ぬぐ》えず、ぼくは無言で、けれど断固とした態度で札を押し戻《もど》した。母の顔を見ないまま踵《きびす》を返す。

美果の自宅の前で彼女を拾い、浅草《あさくさ》へ向かった。駅近くの駐車場《ちゅうしゃじょう》に車を入れ、そこからは歩く。雷門《かみなりもん》をくぐり、仲見世《なかみせ》通りを流した。

昔ながらの面影《おもかげ》を留《とど》める下町情緒《じょうちょ》いっぱいの通りには、やはり外国人が多い。彼らの目には、派手な染め抜《ぬ》きののれんやうちわなどが、たまらなくエキゾティックに映るらしく、いちいち店の前で嬌声《きょうせい》をあげている。だが、美果もそれに負けないくらい興奮気味だった。

「三社祭《さんじゃまつり》や夏のほおずき市の時は出店や屋台なんかも出て、もっとずっとにぎやかなんだけどね」

ぼくの説明に、東京育ちのくせに浅草は初めてだという彼女がうなずく。一軒《いっけん》ごと、店先で足を止めては外国人観光客に交ざってみやげものを手に取るその姿は、紺《こん》の編み込みセーターにバーバリーチェックのロングスカートとブーツというカジュアルな服装も手伝って、この間よりかなり元気そうに見えた。

人混みの中、浅草寺《せんそうじ》を参り、死ぬほど辛《から》い唐辛子《とうがらし》せんべいをかじりながら横道に逸《そ》れた。平屋の庭先をすり抜けるようにして、狭《せま》い路地を百メートルほど行った先に、突如《とつじょ》としてその不思議な空間は現れる。

浅草名物・花やしき。

初めてここを訪れたのはたしか十歳の夏。母と姉と遊んだ数少ない思い出の日から、ぼくはこの時代に取り残されたような小さな遊園地の虜《とりこ》となった。

個々の乗り物はもちろんアミューズメントパークの比ではない。けれどここには、日本人の奥底に眠《ねむ》る在《あ》りし日の憧憬《どうけい》を呼び起こし、初めて訪れた人をもノスタルジーに浸《ひた》らせてしまうような、不可思議な魔力《まりょく》がある。

遊び疲《つか》れた夕暮れ、極彩色《ごくさい》の装飾《そうしょく》や楽しいはずのBGMがふと物悲しく思える——そんな、切なくも甘酸《あまず》っぱい感覚がぼくは好きだった。

「なんだか……不思議なところですね」

どうやら美果は、この空間が発する一種独特なパワーに当てられたらしい。クルクルと回るメリーゴーラウンドを所在なさげに眺《なが》める横顔に訊《き》いた。

「さて、何から攻める？」

美果が戸惑《とまど》ったような微笑《ほほえ》みを浮《う》かべる。

「ここのジェットコースターはけっこういけるよ。距離《きょり》は大したことないけど、なんせ古いから今にも脱線《だっせん》しそうにギシギシ軋《きし》むんだ。いきなりだけど、それからいく？」

「お任せします」

コクリとうなずいた彼女をベンチに残し、ぼくは発券所へ向かった。十枚綴《つづ》りを二セット買って振《ふ》り返ると、美果が誰《だれ》かと話している姿が小さく見えた。

若い男だ。手足が長く、肩《かた》がしっかりあって背も高い。

ふたりに近づくにつれ、漠然《ばくぜん》としていた印象が少しずつはっきりする。明るいオレンジのミリタリーセーターにユーズドのジーンズ。背を向けているので顔は見えないが、そのライオンのたてがみのような髪型《かみがた》と、均整の取れた体型には見覚えがあった。

「——！」

雷に打たれたみたいに全身が痺《しび》れ、心臓が急激にバクバクと脈打ち始める。

想像が確信に変わった時、本気で逃《に》げ出そうかと考えた。が、一瞬遅く、ぼくに気がついた美果が手を振り、つられたように隣《とな》りの男もこちらを見る。

「よぉ、ごぶさた」

とうとう至近距離に入ったぼくに、悦はそう言ってニッと歯を見せた。

7

「別のお友達と約束していたのにその人が来なかったんですって。でもこんなところで知り合いとばったり会うなんて本当にすごい偶然《ぐうぜん》ですね」

疑うことを知らない顔で、美果がにこにこと笑った。

「なんかデートの邪魔《じゃま》しちゃったみたいだな」

安易な筋書きを恥《は》じる様子も見せずに、悦が肩をすくめる。

「……美果ちゃん、ちょっと待っててくれるかな」

返事を待たずに美果の手にチケットを押しつけると、ぼくは悦の二の腕《うで》を摑《つか》んだ。数メートル引きずり、声が届かないと思われる距離で向き直る。

「なんのマネだ？」

冷ややかな声音《こわね》にひるむことなく、悦は挑戦《ちょうせん》的な眼差《まなざ》しで、ぼくをまっすぐ見返してきた。

「水城のヨメさんになる女を見る権利くらい、オレにだってあるだろ？　時間はわからなかったけど、待ってりゃいつか来るだろうって思ってさ。入り口で二時間ばかり張ったんだ。で、ようやくふたりが現れたからチャンスを窺《うかが》っていて、水城が離れた隙に話しかけた」

リークの犯人は問うまでもなかった。風子に決まっている。だがなぜ場所までわかった？

ぼくの問いに悦は唇《くちびる》の右端《みぎはし》を吊《つ》り上げた。

「水城の場合、遊園地っていったらここしかないだろ。ディズニーランドって柄《がら》じゃないしさ。本当にここが好きだよなぁ。オレも何度も連れてこられたもんな」

「………」

騒音《そうおん》と悲鳴を乗せてジェットコースターが頭上を行き過ぎ、それを追う悦の双眸《そうぼう》が眩《まぶ》しそうに細められる。少し痩《や》せたのか、頬《ほお》のあたりの輪郭《りんかく》が鋭角《えいかく》的になった。それだけのことで、目の前の男を遠く感じる。

（……悦）

二度と会うことはないと思っていた。夢にまで見た姿を前にして、胸がじわじわと熱くなる。手足が細かく震《ふる》えるのを、ぼくは奥歯を嚙《か》み締《し》め、必死に堪《こら》えた。

「……戻ろうぜ」

しばらく無言で立ち尽くしていた悦が、ぽつりとつぶやく。

「彼女が心配する」

言いながら身を返すと、悦はぼくを残してベンチへ歩き出した。

「及川悦郎です。二十一になったばかりの大学生」

「高知美果です。二十歳《はたち》です」

「美果ちゃんかぁ。短大生？」

「いえ、この春卒業したんですけど……今は家事手伝い見習い中なんです。あの、及川さんは？」

「悦でいいよ。オレはR大の日文三年。もしかしたら来年も三年のままかもしれないけど」

ぼくを介《かい》さず自己紹介を済ませた同年代のふたりは、すぐに打ち解けたようだった。

一向に退場する気配のない悦に、美果も違和感《いわかん》を抱《いだ》かないどころかいっそ歓待《かんたい》しているふうですらあったので、ぼくとしては非常に不本意ながらも、結局三人でジェットコースターに乗ることになってしまった。

「恐《こわ》かったぁ！　死んじゃうかと思った！」

案の定、美果はキャアキャア大騒《おおさわ》ぎをし、それでも最後にもう一度乗ると宣言した。初《しょ》っ端《ぱな》の衝撃《しょうげき》ですっかりタガが外れてしまったらしく、いつの間にか場を仕切っている。

「次、あのグルグル回ってるの、行きましょう！」

高知リーダーの導きのもと、スピード系マシーン制覇《せいは》計画は着々と進み、六つ目のフライング・パイレーツという三半器官直撃モノが終了した時点で、ようやく小休止となった。

「お疲れ」

悦がぶらりと近寄ってきて、ひっくり返った胃をなだめるぼくの隣りで、やはり柵《さく》にもたれる。尻《しり》ポケットからマルボロのパッケージを取り出し、自分の分を一本抜き取ったあと、ぼくにも差し出してきた。

「吸う？」

無言で受け取り、ジッポーの火を分け合う。吐《は》き気を増幅《ぞうふく》すると知っていたが、無性《むしょう》に煙草《たばこ》が欲しかった。美果はひとりでメリーゴーラウンドに乗っている。手を振る彼女に応《こた》えつつ、悦が煙《けむり》を吐き出した。

「いい娘《こ》だな」

「そうだな」

「ちょっとガキだけど、女はすぐ大人になっちまうからな」

わかったふうな口をきく。

笑おうとして上手くいかず、ぼくは火を点《つ》けたばかりのマルボロを落とした。コンクリートの上の吸い差しを靴《くつ》の裏で踏《ふ》んでから、低く尋《たず》ねる。

「気が済んだか？」

すっと悦が顔を傾《かたむ》けてきた。探るような目線で、鉄面皮を装《よそお》うぼくの表情をしばらくスキャンしていたが、やがて眉根を寄せたまま、ぷいっと横向く。

「済むわけねー…」

「水城さん、悦さん！」

苛立《いらだ》ったようなつぶやきは、走ってきた美果の声にかき消され、最後まで聞こえなかった。

「おふたりとも、もうリタイアですか？」

弾《はず》んだ声が、だらしない男ふたりを責めている。ぼくと悦は顔を見合わせた。

「美果ちゃん、喉渇《のどかわ》かない？」

灰皿で煙草をもみ消した悦が言い出す。

「オレ、なんか飲みてーな。水城、買ってきてよ」

めずらしく強引な口調で促《うなが》され、ぼくは渋々とフェンスから背中を引き剝《は》がした。


お茶のペットボトルを両手に戻《もど》ると、ベンチに並ぶ悦と美果の後ろ姿が見えた。他人の目には仲のいい大学生カップルに映るかもしれない。思った瞬間《しゅんかん》、少しばかり複雑な心境になった。

「――水城のこと好き？」

ふと漏《も》れ聞こえてきた自分の名前に、思わず足が止まる。問われた美果の顔は見えなかったけれど、長い髪が縦に揺《ゆ》れるのはわかった。

「どこが好き？　背が高くておしゃれで顔がいいとこ？」

「初めはね、写真を見て、素敵《すてき》だけどちょっと冷たそうって思ってたの。でも会ってみたら全然そんなことなくて……わたし、男の人とあんなふうに自然に話せたの、水城さんが初めてだった」

「男の嫌《いや》な部分がなかった？」

「そう。なんかね、不思議な感じなの。側《そば》にいても威圧《いあつ》感がないっていうか。ノーブルで透明《とうめい》な感じ。さりげなくリードしてくれるから委《ゆだ》ねていると心地いいんだけど、ふとね、不安な気持ちにもなって……。この人は本当は今どこにいるんだろう、この瞳《ひとみ》は何を映しているんだろうって」

「摑《つか》みどころがないんだよ。特にあの瞳はクセモノでさ。やたらきれいで時折妙《みょう》に切なげで……。でもだからって、アレに惑《まど》わされて結婚《けっこん》とか決めちゃマズいでしょう」

「そんなんじゃないつもりだけど……本当言うと自分でもよくわからないの。こんな気持ち初めてだし」

後頭部をベンチの背に預けた悦が、仰向《あおむ》けの姿勢でつぶやく。

「自分を抑《おさ》えてさ。極限まで抑えて……ポッキリいくタイプなんだよな。そのくせ言い出したらきかないし。すっげー頑固《がんこ》」

「悦さん……水城さんのこと好きなのね」

一瞬の間が空いた。

「……好きだよ」

嘆息《たんそく》交じりの声が聞こえてくる。

「だから美果ちゃんが水城の見た目だけじゃなくて、根っ子の部分まで知って、それでも好きだって言うんなら。——弟として……祝福するよ」

「…………」

「でも約束して欲しい。一度決めたら逃《に》げないって。もし水城を裏切ったり、傷つけるようなことがあったら」

おもむろに身を起こした悦が、美果の顔を覗《のぞ》き込むようにして口を開いた。

「オレは、きみを、許さない」

ワンフレーズごとに区切り、揺るぎなく、挑《いど》むように告げる。底光りする眼光は、信念のためならば人を傷つけることをも辞さない、見知らぬ男のものだった。

「………っ」

美果の肩《かた》がビクッと震えたのと、ぼくの両手からペットボトルが離《はな》れたのはほぼ同時。地面を打つ鈍《にぶ》い落下音で、止まっていた時間が動き出した。

「悦っ」

ベンチへ駆《か》け寄ったぼくを、美果が振《ふ》り仰ぐ。

「水城…さん」

その怯《おび》えた顔を見た瞬間、ぼくは頭上から悦を怒鳴《どな》りつけていた。

「おまえ……自分で何を言ったかわかってるのか？　彼女を脅迫《きょうはく》したんだぞっ」

「わかってるよっ」

顔を振り上げた悦が、ギッと睨《にら》みつけてくる。

「わかってて……脅《おど》したんだ。水城を傷つけたら許さない！　もしそんなことしたら、必ず捜《さが》し出し……て……っ」

叫《さけ》びながら腰《こし》を浮《う》かした男の頬《ほお》を、ぼくは平手で打った。

パンッと小気味いいほどの破裂《はれつ》音が鳴り、追いかけるように美果が息を呑《の》む。

「…………」

悦は、打たれた頬を押さえもしなかった。傾いた顔のままこちらを見やる——その反抗的な眼差《まなざ》しにカッと頭に血が上る。気がつくとぼくは『それ』を投げつけていた。

「おまえには関係ないだろ！」

人を傷つけるのは、こんなにも簡単だ。

自分が発した最後通告にみずから衝撃を受け、呆然《ぼうぜん》と立ちすくむぼくの前で、悦の顔はみるみる色を失っていった。

わなないていた唇《くちびる》が、何も吐き出さずに弛緩《しかん》する。瞳から光が消え——ただの虚《うつ》ろなふたつの穴となり——ついにその顔は、すべての感情を失って沈黙《ちんもく》した。

「……さよなら」

抑揚《よくよう》のない声で告げた悦が、背を向けて歩き出す。決して早足ではないのに、全力で駆け出してもその背中に追いつくことはできないのだと、ぼくは覚《し》っていた。

「追いかけなくて……いいんですか」

背後からの囁《ささや》きにのろのろと振り向く。いつの間にか迫《せま》ってきていた夕暮れの中で、美果が小さく震《ふる》えていた。

夕食も取らずに帰路についた車中で、美果は何かを考え込むように口数が少なかった。無理もない。会ったばかりの男にあんなことを言われたのだから。

さぞかし気分が悪いだろうと、その心中を察しながらもフォローする余力はなく、ぼくは黙々とハンドルを操り続けた。

「わたし……悦さんとお話しして思いました」

美果の住む町へと差しかかった頃《ころ》、不意に助手席の彼女が口を開いた。

「やっぱりわたし、なんにもわかってなかったんだなぁって」

フロントガラスに視線を据《す》えたまま、消え入りそうな声を紡《つむ》ぐ。

「友達に温室育ちってからかわれてすごく嫌《いや》だった。でもやっぱり両親には逆らえなくて。結婚だって本当にしたいのか自分でもわからない。――水城さんのことだって、親が薦《すす》める人だから、ある程度の基準はクリアしてるからって……そこから始まってた。親のお膳《ぜん》立《だ》てがあって初めて恋愛《れんあい》もしようとしていた」

「……………」

「水城さんは大人だからなんとかしてくれるなんて、また人に依存《いぞん》しようとしてたんですね」

「ぼくは……大人なんかじゃないよ」

「悦さんが怒《おこ》るの、当たり前ですよね」

きみは悪くない――そう言おうとしたが、声が出なかった。

ぼくだって無意識のうちにきみを利用しようとしていた。はっきりと断らなかったのは母のことばかりじゃない。悦を解放するためには、きみという存在が後押しになるという姑息《こそく》な計算が立ったからだ。

「このお話、わたしから断りますから」

顔を傾けた美果が、ぼくと視線をしっかりと合わせて言った。

「ごめんなさい。中途半端《ちゅうとはんぱ》な気持ちでお見合いなんかして。でも……もうしばらくして、わたしなりにもう少し成長したら……また三人で会ってくれますか？」

しばらく躊躇《ちゅうちょ》したあとで、ゆっくりとうなずく。果たせないと知っていても、彼女の先の希望をここで打ち消すことは、ぼく自身にとってもつらすぎたから。美果は一瞬《いっしゅん》わずかに唇を震わせ、だがすぐに微笑《ほほえ》んだ。

庭つきの立派な一戸建ての前で車を停める。地面に降り立った美果が、きちんと体を折って頭を下げた。

「送ってくださってありがとうございました。今日は本当に楽しかったです」

顔を上げると、じっとぼくの目を見つめてくる。

「あの……悦さんにも水城さんの口から、私がすごく感謝していたって――ありがとうって言っていたって……伝えてください」

不可能な約束であることを確信しつつも、ぼくはふたたびうなずいた。それでも真摯《しんし》な瞳は離《はな》れない。戸惑《とまど》いを感じ始めた時、小さな声が囁いてきた。

「……誰《だれ》にも言いませんから」

思わず目を見開く。……気づいてるのだ。ぼくと悦のただならぬ関係を。すべてを知った上で、悦ともう一度会って話すべきだ、と。

悦の知ったかぶりを笑ったが、女の人は本当に、わずか数時間で大人になれるものなのかもしれない。

高知美果は、もう立派な大人の女《ひと》だった。親の指示を仰《あお》ぐことなく自分の決断で答えを出す自由を、少女時代との別れと引き換《か》えに手に入れたのだ。

「じゃあ——また」

ぼくが選んだ別れの言葉に美果が微笑む。ルームミラーに映る彼女の儚《はかな》げな笑顔を胸に刻んで、ぼくはアクセルを踏《ふ》み込んだ。


美果という抑止《よくし》力が消え、車内にひとりきりになってしまえば、激情を抑《おさ》え込むための理由はもはや存在しなかった。

反射神経だけで路肩《ろかた》に車を寄せる。エンジンを切るやいなや、ぼくはハンドルに突《つ》っ伏《ぷ》した。

胸の奥が灼《や》けるように痛くて、苦しくて。胸を、頭を掻《か》きむしりながら、意味などなさない言葉を叫《さけ》び続けた。そうやって喉許《のどもと》の慟哭《どうこく》を放出しないと、今すぐ窒息《ちっそく》してしまいそうだった。

『さよなら』

悦は行ってしまった。もう二度とぼくに微笑むことも、その声がぼくの名を呼ぶこともない。

（……悦）

捨てられる前に、捨ててしまいたいと思っていた。

『さよなら』

その言葉を彼の口から聞きたくないばかりに、自分から別れを切り出した。

ぼくの最後の防衛本能が、その言葉を聞くことを細胞《さいぼう》レベルで拒絶《きょぜつ》していたから。

それを聞いてしまったら、思い出にすがることすらできなくなってしまうから。

それなのに……それほど身構えていたのに、現実は想像を遥《はる》かに上回ってぼくを打ちのめした。

こんな苦しいなんて――！

これは罰《ばつ》だ。

周りを、愛する者を、自分自身すら欺《あざむ》き続けたぼくへの鉄槌《てっつい》……。

「……ふ」

激情の波が過ぎ去ると、スイッチが切り替わるように、今度は深い虚脱《きょだつ》感が全身を支配し始める。叫び疲《つか》れ、弛緩《しかん》しきった体。それでも生あたたかい液体だけは、とめどなくまなじりから流れ落ちる。

体内に溜《た》まった毒《どく》を排出《はいしゅつ》しようと、脳が指令を出したのだろうか。

これほど打ちのめされていても、無意識のうちに生き延びる術《すべ》を探って足掻《あが》く。なんて浅ましい本能。生きる価値などありはしないのに。

この町を……この国を出よう。

声もなく、ただ静かに涙《なみだ》を流しながら思った。

誰ひとり、ぼくという人間を知らない国へ。いっそ文明すら届かない辺境の地へ。

逃《に》げ出す自分を恥《は》ずかしいとは思わなかった。ぼくにはもう何もなかったから。自尊心を捧《ささ》げた相手は、永久に去ってしまったのだから。

(……二度と戻《もど》らない)

そう思い決めた瞬間、未練がましい欲求が芽吹《めぶ》く。

最後に……ここを離《はな》れる前にもう一度だけ……悦に会いたい。

(せめて一目……一言でいいから)

美果との約束を果たすだけ。彼女の言葉を伝えるだけでいい。それさえ果たせば、きっと踏《ふ》ん切りがつく。それ以上は望まないから……。

この期《ご》に及《およ》んで美果の存在を利用しようとする――浅ましい自分に対する嫌悪《けんお》感をねじ伏せ、わずかに残っていた理性を強引に退ける。

「失うものなんか……もう何もないだろう?」

声に出してつぶやくと、ぼくは手の甲《こう》で涙を乱暴に拭《ぬぐ》った。

主の帰宅を待つ悦の部屋は、暗闇《くらやみ》にひっそりと凍《こご》えていた。一階の軒下《のきした》にいつも停《と》めてある中型バイクもない。まだ帰っていないのだ。もしくはいったん戻ってまた出かけたか。

室内で待つ権利を失ってしまったぼくは、アパートを離れ、悦のテリトリーを辿《たど》り始めた。バイト先を三軒《さんげん》まわってから大学へ足を伸ばす。キャンパス内をひととおり走りまわってもみたが、まばらな人影の中に悦の姿を見つけることはできなかった。

かすかな希望にすがるように、かつての彼の生家にも寄った。やはり悦を見出せぬまま車を路肩に停め、徒歩で近所をまわる。

砂利《じゃり》の中に金属片が点々と転がる、小さな町工場の裏庭。悦が五歳になるまで日曜学校に通った教会。――クリスマス・イブには足の悪い神父さんがクッキーをくれるので、普段は嫌《いや》がる悦郎も、この日ばかりは先に立ってぼくの手を引いた。

学校帰りの子供たちでいつもにぎわっていた駄菓子《だがし》屋。自転車を練習した空き地。

日頃はとりたてて意識もせずに通り過ぎていたこれらの場所が、今はとても大切な場所のように思える。こうして辿ることによって、ぼくと悦の成長の軌跡《きせき》を改めてトレースしているような、不思議な感覚だった。

ふと、悦を捜《さが》しながらぼくは、思い出の風景に別れを告げているのだと気づいた。

ここを出ると決めた今、別れを告げたいのは人ではなく、なんの変哲《へんてつ》もない場所だった。二十年前と変わらずぼくを受け入れてくれたそれらは、言葉を発しない代わりに、たくさんの思い出をぼくに還《かえ》してくれる。

だからこそぼくは、最後に懐《なつ》かしい風景を拾い集めていたのかもしれない。

ぼくらが通った小学校はすでに闇に沈《しず》み込み、校舎の輪郭《りんかく》すらおぼろだった。

やがてまばらな雨が、砂場にポツポツと小さな穴を穿《うが》ち始める。今日初めて寒さを感じたぼくは、両手をジャケットのポケットに突っ込んだ。今見ればさほど広くない校庭に、ぼく以外の人影はない。

悦はどこにもいなかった。

美果と別れた六時過ぎから四時間強捜し続けたが、ついにその長身のシルエットを見つけることはできなかった。とりあえず動きさえすれば、悦を捜し当てられると思ったのは過信だった。

冷静に考えてみれば、ぼくは悦の生活のすべてを知っているわけじゃない。子供時代ならいざ知らず、今現在の彼のテリトリーを把握《はあく》しているつもりでいたのは、愚《おろ》かな思い上がりだった。

「……アパートに戻るか」

肩口から染《し》み込む冷たい雨に追いやられるように踵《きびす》を返しかけたぼくの脳裏に、去り際《ぎわ》の悦の背中がふっと浮《う》かんだ。

すべてを拒絶するような、その傷ついた背中の残像が、あるイメージと重なる。

ぼくが悦に別れを切り出した日。

あの時の悦も同じように、裏切られた憤《いきどお》りと悲しみに震《ふる》えていた。

あの日、ぼくは悦との約束をすっぽかしたのだ。さらに追い討《う》ちをかけるように別れ話を切り出して……。

動物園に行こうと決めた時、悦は子供みたいに喜んでいた。水城と行くのは五年ぶりだと、大袈裟《おおげさ》なほどはしゃいでいた。

五年前——悦と関係を持ったあと、初めてデートらしきものをしたのが……たしかあそこではなかったか。

小さな閃《ひらめ》きが、急速にぼくの中で意味を持ち始めた。もちろんまったくの無駄足に終わる可能性のほうが高い。それでもここで打ちひしがれ、自己嫌悪を増幅《ぞうふく》しているよりは数倍マシなことのように思えた。

ぼくは大粒《おおつぶ》になってきた雨を振《ふ》りきり、車に向かって駆《か》け出した。

8

霧状《きりじょう》の雨にけぶる動物園の正門前に、ぼくはひとり立っていた。

発券所のシャッターは閉ざされ、みやげものを扱《あつか》う売店も照明が落ち、すべてがひっそりと静まり返っている。

天気のいい日曜日なら午前中で満車になるはずの駐車場も、今は白線で区切られたコンクリートの平地でしかない。ぼくの車がただひとつ、外灯の青白い光にうっすらと浮《う》かび上がっているだけだ。

閉ざされた鉄門越《ご》しに内部を探り、人気《ひとけ》がないことを確認したぼくは、コンクリートの塀《へい》に沿って歩き出した。

百メートルほど行ったところで、関係者専用の駐車場にぶつかる。整然と並んだ車の陰《かげ》にバイクを見つけて駆け寄った。雨ざらしのシートにくくりつけられた黒いヘルメット。持ち主の乱暴な扱いを表すような傷だらけのそれと、廃車《はいしゃ》寸前の車体には見覚えがあった。

(悦のバイク!)

やはりここに来たのだ。

そうして、来園者が立ち去り、閉ざされたこの広大な敷地《しきち》のどこかを、まださまよっている。

確信を持ったぼくは、目の前の塀の高さを目測すると、悦のバイクに手をかけた。車体を引きずって塀に横づけする。横づけしたバイクの、メットを外したシートに右足をかけ、左足で地面を蹴《け》った。隣接《りんせつ》している高木の枝を摑《つか》み、それを支点に体を引き上げる。塀の上に半身を乗り上げてしまえば、そこから園内へ着地するまでは比較《ひかく》的スムーズだった。木登りの鍛錬《たんれん》を積んだ子供時代の自分をねぎらいつつ、ぼくは侵入《しんにゅう》したばかりの内部の様子に目を配った。

雨の匂《にお》いに混じって、動物の排泄物《はいせつぶつ》の臭気《しゅうき》が鼻をつく。無気味なほど静かだ。ポッ、ポッと点在する外灯のほかは、すべてが影のように暗闇に沈んでいる。

悦の名を叫《さけ》びながら駆けまわりたい衝動《しょうどう》になけなしの理性でブレーキをかけ、ぼくはひっそりと歩き出した。閑散《かんさん》と暗いだけの檻《おり》の前をいくつか通り過ぎる。

下着まで沁《し》み込む雨にも不思議と寒さは感じず、足許《あしもと》もふわふわと浮くように不確かだった。この奇妙《きみょう》な浮遊感《ふゆうかん》は、不法侵入に対する罪悪感とは裏腹の、ある種の高揚《こうよう》からきているのだろうか。

ふと、『血迷う』とはこんな精神状態を言うのかもしれない——と思った。

自分は今、おそらく正気ではないのだ。

待ち伏《ぶ》せという、およそらしからぬ行動をとった悦の気持ちが、今ならばわかる気がした。

見合い相手を見るために、いつ来るかもわからないぼくらを二時間も待っていた悦。

むろん、美果の人となりを確認したかったこともあるだろう。けれど本当はそれよりも、彼女と話して何かを伝えたい気持ちのほうが、欲求として勝っていたのではないか。

悦の伝えたかったこと。ぼくに煙《けむ》たがられるのを承知で、美果に伝えたかったこと。

『約束して欲しい。一度決めたら逃《に》げないって』

普通の男と違うと知っても、逃げ出さないで欲しい。

無茶な要求だ。夫に選んだ男がゲイだとわかって、なおも受け入れられる女性なんてこの世にいるわけがない。そんなことは百も承知だろうに、それでも言わずにいられなかったのか。

脅迫《きょうはく》に思えたあれは、悦の精一杯《せいいっぱい》の懇願《こんがん》だったのだ。

ひょっとしたら、悦は気がついていたのかもしれない。

いずれ避《さ》けられない別れの日を、ぼくが死よりも恐《おそ》れていたことを。

そのために、先に別れを切り出さずにいられなかったぼくの弱さを。

いつも悦の保護者のつもりでいた。

だから彼を護《まも》るために、自分から身を退《ひ》かなければならないと思ってきた。

だが本当は違《ちが》ったのだ。

悦はぼくが護らなければならないほど幼くも弱くもなく、悦のためと思い込んでいたすべては、一皮剝《む》けば嫌《いや》らしい自己愛の裏返し。保身ゆえの言い訳《わけ》にすぎなかった。

(怖かったのだ……ぼくは)

悦と生きていくためには、普通の男と違う生き方を――陽の当たらぬ途《みち》を――はっきりと選び取らなければならない。

それを明確にするのが怖かった。

選んでしまったら、悦という人間の人生をも背負うことになる。

そのことが何より恐ろしかった。

だからその恐怖《きようふ》を精神《こころ》の一番深いところに閉じ込め、表層意識で『悦のため』という大義名分を振りかざし、核心から逃《のが》れようとしていた。

そうして――一番大切であるはずのおまえを二度も傷つけた。

『おまえには関係ないだろ！』

もっとも冷酷《れいこく》な一言で。

自分を……ただ自分を護るために。

気がつくと、雨よりもあたたかい液体が頰《ほお》を濡《ぬ》らしていた。とめどなく流れ落ちるに任せて、ぼくは胸のうちで悦を呼んだ。

（――悦！）

悦。悦！　悦!!

馬鹿《ばか》だった。ぼくが愚かだった。わかったふりをして、その実何もわかっちゃいなかったんだ。ぼくにとっての真実はただひとつ。おまえという存在が共にあること。それ以外のことはなんの意味も持ちはしないのに……！

許されるなんて……そこまで自分を甘やかしたくない。

それでも——もし会えたなら、卑怯《ひきょう》だった自分のすべてを曝《さら》け出し、一言でいい……謝りたい。

この寂《さび》しい楽園のどこかで、孤独に膝《ひざ》を抱《かか》えて震えているだろうおまえに。


夜間巡回《じゅんかい》中の飼育員に出くわすこともなく、放浪《ほうろう》は二十分を経過していた。

あてどなくさまようことに見切りをつけたぼくは、足を止めて考えた。たしか動物たちは、その棲息《せいそく》エリアごとに、区分されているはずだ。

イラストマップを探し出し、欲しかった情報を読み取る。指示に従い、アフリカエリアへと続く道を辿《たど》った。キリンの柵《さく》を過ぎ、サイとゾウを越した先に、目指すライオンの住居はあるはずだった。

そこに行けば悦に会える根拠《こんきょ》は何もなく、だからいわゆるそれは直感でしかなかったが、どうやらその動物的な閃きは正しかったらしい。

数メートル先のライオンの柵の前に、オレンジ色の人型のシルエットを見つけた時、ぼくは生まれて初めて心から神に感謝を捧げた。

「悦っ！」

叫び声に、人影がはっと振り返る。

驚愕《きょうがく》に見開かれる双眸《そうぼう》が見えた気がしたが、実際には顔の輪郭《りんかく》を読み取るのが精一杯で、それすらも彼がすぐにぼくから逃げるように柵を乗り越えたことで、一瞬《いっしゅん》の残像にしかならなかった。

「悦だろ⁉　待てよ‼　待っ……」

制止する間もなく、彼はライオンの柵の向こうへ行ってしまう。

ぼくは自己ベストに近い走りで、たった今人影がたたずんでいた場所まで駆《か》け寄り、赤銅色《しゃくどういろ》の鉄柵に手をついた。身を乗り出して暗闇《くらやみ》に目を凝《こ》らす。

半円形の鉄柵の向こうは急勾配《こうばい》の絶壁《ぜっぺき》。五メートルほど落ち込んだ底には水が張られている。その堀の向こうに、百獣《ひゃくじゅう》の王たちの住処《すみか》である岩屋が見えた。むろん今現在、ライオンたちの姿はない。裏の獣舎で眠《ねむ》っているのだ。

「悦！　どこだ悦っ⁉」

霧状《きりじょう》の雨がさらに視界を危《あや》うくする。焦燥《しょうそう》から、ぼくはその名を連呼し続けた。

鉄柵の先端《せんたん》部分から黒い影がひらりと空を舞《ま》ったのは、その時。

幅《はば》一メートル強の堀を飛び越え、影は岩屋に着地した。

「悦っ！」

柵を乗り越えようとしたぼくを、向こう岸からの鋭《するど》い声が牽制《けんせい》する。

「来るなっ！」

「え…っ」

「そのまま……そこにいてくれよ水城」

懇願に震《ふる》える語尾《ごび》。

「………」

ぼくは、柵にかけた片足をぬかるんだ地面に戻《もど》した。

岩屋にうずくまる黒い影は、闇に溶《と》け込もうとするようにじっと動かない。重苦しい沈黙《ちんもく》を破ろうと口を開きかけて、なんの用意もない自分に気がついた。

悦の名前を連呼すること。それ以外は謝罪の台詞《せりふ》だけ。心臓は不規則に脈打ち、気持ちばかりは焦《あせ》るのに、肝心《かんじん》の舌は縮み込んだままだ。いたたまれなさから、いっそここで土下座でもしようかと地面に視線を落とした瞬間、その問いは放たれた。

「なんで……来たんだよ？」

「おまえが……待っていると思ったから」

自然とそんな答えが口をつく。雨音に混じって、悦のため息が聞こえたような気がした。

「待ってたよ。待ってたけど……来て欲しくなかった」

「そっちへ行ってもいいか?」

「駄目《だめ》だ」

思いがけなく厳しい声音に胸がキリッと痛む。自分の中に残っていた卑《いや》しい甘えをピシャリと拒絶《きょぜつ》されたようで、ぼくは奥歯をきつく食い締《し》めた。

馬鹿な……何を期待しているんだ。まだ悦が許してくれるとでも?

始まりから終わりまで、何ひとつ自分で決断せずに逃げまわり、挙げ句、悦をここまで追い詰《つ》めたのは誰《だれ》なんだ。

「……こんなところまで追ってきて悪かった。ただ最後にどうしても一言…」

謝りたかった——という言葉は、暗闇からの声に遮《さえぎ》られる。

「オレ、ひどい顔してる。……こんな顔、水城に見せられねぇよ」

とっさに意味がわからなかった。

「なんで人間は嫉妬《しっと》とかするんだろうな。必要なのかな? 醜《みにく》くて汚《きたな》い感情なのに。こんなもん持ってたって……ちっともプラスになんねぇのに」

「……悦?」

呑《の》み込みの悪い脳を叱咤《しった》している間にも、悦の低音は続く。

「でもオレ、あの娘《こ》に嫉妬して憎《にく》むことですごく救われたんだ。そっちに逃げ込めたから——まだ耐《た》えられた。そうでなきゃつらくって……。人を憎むことで救われたんだぜ? すごいと思わねぇ？」

自嘲《じちょう》気味の乾《かわ》いた笑い声。ぼくは金縛《かなしば》りにあったみたいに硬直《こうちょく》したままだった。

「中学ん時の同級生の女の子が言ってたんだ。初恋《はつこい》ってのは実らないもんなんだってさ。だからオレ……いっつも不安だった。水城が受け入れてくれて、気が狂《くる》いそうに有頂天だったけど、でも心の奥底じゃ疑ってた。こんなラッキーはいつまでも続かねぇぞ。今に足許すくわれて、惨《みじ》めにひっくり返る時がきっと来るぞって。その時のために準備しとけよ。無様に取り乱したりするなよ」

「………」

「でもさ、身構えていたからどうなるもんじゃないんだよな。男らしくなんて建て前ふっ飛んじまった。——未練の塊《かたまり》、執着《しゅうちゃく》の権化《ごんげ》。ひどいもんだよ。会いたくて、せめて声が聞きたくて会社に電話して……いなかったから、水城の匂《にお》いを求めて佳子さんに会った。それでも足りなくて……自分にへ理屈《りくつ》こねてとうとう会いに行った。待ち伏せまでして」

途切れ途切れの、心の奥底から絞《しぼ》り出すような悦の独白は続く。

「拒絶されて当然なんだ。水城が無理して受け入れてくれてたこと、わかってる。この五年間、いつも後悔《こうかい》してたことも知ってる。親心で……オレのこと突《つ》き放せなかったのも」

——違《ちが》う。

「水城は責任感強いからさ、育て方を間違ったとか自分で背負っちゃって……。オレ、その気持ちを利用したんだよ。このままずっと背負っていて欲しいなんて、虫がいいことまで考えてた。罰《ばち》が当たったんだよな」

そうじゃない！　親心だけでここまで醜態《しゅうたい》が曝《さら》せるもんか!!

叫《さけ》びたいのに、なぜか声が出なかった。

「ここに来たら……動物たちを見たら少しは気持ちが落ち着くかもしれないって思った。でも間に合わなくて、もう閉まっちゃってて……」

「……見に……こう」

「忍《しの》び込んだけど……やっぱりもう…」

「本物……見に行こう」

ようやくきちんと形を為《な》した言葉に、悦のシルエットがピクッと揺《ゆ》れる。

「来年、アフリカへ行こう」

「な…に？」

「一緒に、行こう」

言うなり、ぼくは鉄柵を乗り越《こ》えた。悦の顔がちゃんと見たかった。闇と雨に邪魔《じゃま》されることなく、間近で確かめたかった。

「悦、来いよ」

左手を鉄柱に残して上半身を傾《かたむ》ける。可能な限り、右手を悦へと伸ばした。縮んだ距離《きょり》に、今度こそはっきりと表情が見える。悦は唇《くちびる》を嚙《か》み締め、両目をきつくつぶっていた。

「結婚《けっこん》はしない」

うなだれた肩《かた》が大きく震《ふる》える。

「一緒にいよう……ずっと。永遠に」

それでもまだ目を閉じたままの悦から、消え入りそうな小声が零《こぼ》れる。

「美果ちゃん……は？」

「向こうから断ってくれる。彼女、俺たちの関係を覚《し》って……その上で俺の背中を押してくれたんだ」

「…………」

答えない悦を辛抱《しんぼう》強く待った。悦から手を差し伸べてくるまで、何時間でも待つつもりだった。永遠にも思えた——実際にはおそらく一分にも満たない沈黙のあと、かたくなな目蓋《まぶた》がわずかに上がる。その瞳《ひとみ》を揺るぎなく見つめ、ぼくは言った。

「忍び込まなくてもいいように、次は昼に来よう。だから……今日はもう帰ろう」

「次って……い……つ？」

「いつだっていい。来週でもその次でも。おまえが来たかったら毎週でもいい」

悦の顔が泣き笑いみたいに歪んだ。

「……極端《きょくたん》なんだよ、水城は」

ようやくこちらに向かって伸ばされた指先が、ぼくの指先と触《ふ》れ合った——直後。グラリとその上半身が揺らいだ。

「うわッ」

バランスを取ろうと空を掻《か》く腕もむなしく、足を滑らせた悦が、闇を切り裂《さ》くような悲鳴を発して岩肌《いわはだ》を急降下していく。

「うあああ————ッ!!」

「悦っ!!」

バシャーンと大きな水音が響《ひび》くやいなや、ぼくもまた五メートルの壁《かべ》を滑《すべ》り降りた。靴底《くつぞこ》に衝撃《しょうげき》を感じると同時、派手な水しぶきが上がる。立ち上がろうとして苔《こけ》に足を取られ、今度は思いっきり尻《しり》もちをついた。

「水城！」

悦に引き起こされて、どうにかやっと立ち上がる。そうして見れば、水位はくるぶしのあたりまでしかなかった。

「馬鹿《ばか》っ！　なんで降りたりしたんだよっ」

顔を紅潮させて叫ぶ悦の全身も、ぐっしょり濡《ぬ》れそぼっている。答えの代わりに、ぼくは無言で悦の肩《かた》に腕《うで》を回した。土っぽい水の匂《にお》いと、熱い体。そっと身を寄せると、合わせた胸から たしかな鼓動《こどう》が伝わってくる。

「……よかった」

心の底からつぶやき、悦の濡れた首筋を抱き締《だ》めた。硬《かた》く骨張った腕が、しがみつくみたいにぼくの腰《こし》に回ってくる。

「美果から伝言があるんだ。ありがとうって……おまえに伝えてくれって」

囁《ささや》くぼくを、悦はさらにぎゅっと抱いた。低い声が耳許《みみもと》に落ちる。

「感謝すんのはオレのほうだ――そうだろ？」

お互《たが》いの体温を貪《むさぼ》り合うように、ずぶ濡れのぼくらはきつく抱き合った。

9

悦のアパートに辿《たど》り着いたのは夜中の一時過ぎだった。

冷えきった体を熱いシャワーであたためて脱衣所《だついじょ》へ戻《もど》ると、悦が頭からすっぽりブランケットを纏《まと》って待ち構えていた。

「ゆっくりあったまれよ」

浴室へ飛び込む背中に声をかけ、ぼくは悦が脱《ぬ》ぎ散らかした衣類をまとめて洗濯機《せんたくき》へ放り込んだ。ぼくのジャケットとトラウザーズは見るも無惨《むざん》だった。ずぶ濡れなだけでなく、あちこち擦《す》りきれ、泥《どろ》がこびりついている。クリーニングに出しても復活は難しいだろう。とりあえず悦のシャツとジーンズで代用することにして、丸めた衣類をビニール袋《ぶくろ》へ突《つ》っ込んだ。

ノンストップで園内を駆《か》け抜《ぬ》け、塀《へい》を乗り越《こ》えるまでの記憶《きおく》はひどく混沌としている。

フラッシュバックするのは、視界のきかない暗闇《くらやみ》と容赦《ようしゃ》なく降り注ぐ雨粒《あまつぶ》。そして背中越しの悦の荒《あら》い呼吸——。

念のために悦のバイクを目立たない場所へ移動し、びしょ濡れのまま、ぼくの車の中に転がり込んだ時には、すべての体力と気力を使い果たしていた。

雨風から逃《のが》れても、指先の刺《さ》すような痛みと激しい震えはなかなか治まらなかった。ジンジン手足が痺《しび》れ、カチカチとうるさいくらいに歯が鳴る。やがて鳩尾《みぞおち》のあたりにズシンと響くような衝撃を感じた。それが激しい空腹感であることを覚《さと》った瞬間、現金なわが身に思わず笑いが込み上げてくる。

『何笑ってんの？』

『なんでもない。……もっとこっちへ来いよ』

ヒーターが効き始めるまで悦と身を寄せ合い、冷えきった体と三週間ぶりの空腹感を持て余しながら――ぼくはひどく幸福だった。

「うへー、生き返ったぁ！」

浴室の扉《とびら》が勢いよく開くと同時に、感嘆《かんたん》めいた声が聞こえてくる。濡れた頭をタオルでこすりつつ、上半身裸《はだか》の悦が冷蔵庫に近づき、中からにんじんジュースを取り出した。ダイニングテーブルのぼくにも缶《かん》ビールを投げて寄越す。

「サンキュ」

受け取った缶のタブに指をかけ、しかしそのまま固まるぼくを、悦が怪訝《けげん》そうな横目で見る。

「なんだよ飲まねぇの？　あ、あったかいもののほうがいい？」

「いや……そうじゃなくて。おまえ、まだビールを冷やしてたのか」

束《つか》の間、悦はいたずらがばれた子供みたいにバツの悪い顔をした。だがすぐにへへへ、と笑う。

「コンビニとか寄るじゃん。で、ふと気がつくと、飲んでもらえる当てもないのに、水城の好きな銘柄《めいがら》を手に取ってる自分がいて……レジで金払いながら、オレってつくづく未練がましいってへこんだりしてさ」

肩をすくめる悦をぼくは黙《だま》って見つめた。あんまり長く見ていたせいだろう。執拗《しつよう》な視線に閉口したように、悦は肩にかけていたタオルで顔を隠《かく》してしまった。

「そんなにジロジロ人の裸見んなよ」

タオル越しの抗議《こうぎ》の声に、ようやく視線を引き剝《は》がして俯《うつむ》く。

「俺……これからも無意識のうちに、おまえを傷つけてしまうかもしれない」

「水城がオレを？」

「俺がどんなに卑怯《ひきょう》でずるくて弱い男かわかっただろ？　自分を護《まも》るためにおまえから逃《に》げた。捨てられる前にこっちから捨てたいなんて傲慢《ごうまん》かまして」

拳《こぶし》をきつく握《にぎ》り締め、醜《みにく》い自分を吐《は》き出す。

「しかも、それがおまえのためだなんて大義名分に酔《よ》って。ただの保身なのに。自分が傷つくのが恐《こわ》かっただけなのに……」

洗いざらい、すべてを曝《さら》け出して——それでもまだおまえが抱き締めてくれるのなら。

「保護者きどりが笑わせる……そんな器《うつわ》じゃないんだ」

みっともなく震える声で、それでもどうにか最後まで言い終える。すると、思案げに眉《まゆ》をひそめた悦が、言葉を選ぶようにゆっくりと告げる。

「オレ……上手く言えないけど。自分の弱さを認められんのも立派な強さだと思うよ。それにオレ、別に水城が欠点がない完璧《かんぺき》人間だから好きなわけじゃねぇもん」

まっすぐな眼差《まなざ》し。一点の曇《くも》りもない。

「…………」

じゃあどこがいいんだとは問わなかった。悦にも答えられないに違《ちが》いないから。

ぼくにだってわからない。なぜこんなに、この男を愛《いと》しいと感じるのか。

きっと理由なんかない。わかるのは細胞《さいぼう》レベルで欲しているということだけ。

理屈《りくつ》じゃないんだ。

それを証明するためにぼくは立ち上がり、悦のすぐ側《そば》まで近づいた。口許のタオルを剥ぎ取り、少し背伸びをして、その唇に顔を寄せる。

「水…城」

悦のあたたかい吐息《といき》がぼくの唇《くちびる》をなぞり、少しかさついた感触《かんしょく》がそっと触《ふ》れてきた。目をつぶり、薄《うす》く唇を開いた——とたん、筋張った腕に上半身を搦《から》め捕《と》られる。

「……んっ」

荒々しく覆《おお》い被《かぶ》さってくる唇。硬く張りつめた胸に抱き込まれたまま、ぼくは彼の激しさに翻弄《ほんろう》された。

「悦……え…っ」

貪《むさぼ》るみたいにくちづけられ、きつく、体がしなるほどきつく抱き締められる。

「水城……水城っ」

混ざり合う吐息と、唇の端《はし》から滴《したた》る唾液《だえき》。悦の裸の胸から伝わる、少し速い鼓動《こどう》。

お互いの存在に酔《よ》うように、ぼくらは唇を合わせては離《はな》し、また求める——という行為を際限なく繰《く》り返した。雨を吸い取る砂地のごとく、どれほど固く抱き合っても、心の飢《う》えが満ちることはない気がした。

いつの間にか膝《ひざ》が崩《くず》れて、重なってくるしなやかな裸体《らたい》ごと、床《ゆか》に仰向《あおむ》けに倒《たお》れ込む。

冷たいリノリウムに背中を押しつけられながら、数センチ上の悦の瞳《ひとみ》を見上げた。熱く一途《いちず》なふたつの輝《かがや》きを見つめて誓《ちか》う。

いつか失うものだとしても——それでも、もう逃《に》げはしない。

いや……失うかもしれないものだからこそ、この一瞬一瞬を貪欲《どんよく》に刻みつけて……。

首筋にうずめられた悦の唇から、どこかが苦しいようなかすれ声が落ちる。

「水城……愛してる……水城」

甘く切ない囁《ささや》きに促《うなが》され、いつしかぼくは、悦の熱い肉体とその行為に溺《おぼ》れていった。


舌を絡《から》め合うキスをしながら寝室《しんしつ》へ向かい、もつれるようにベッドへ倒れ込む。重なり合った悦の体はもう欲しがっていて、ぼくもまたすでに彼を欲していた。

その時間さえもどかしいというように、悦の手がぼくのシャツを性急に剝ぐ。本来は彼のものである、ワンサイズ大きなジーンズをやや乱暴に引き下ろす。

なかば勃《た》ち上がりかけていた性器を、悦の熱い手のひらが包んだ。ゆっくり上下されると、そこからじくじくと甘い感覚がしみ出してくる。ブランクで敏感《びんかん》になっているせいか、ほんの少しの愛撫《あいぶ》でも他愛ないほど感じて、ぼくは全身をびくびくと震わせた。

「ん……くっ」

嚙《か》み殺しても漏《も》れてしまう嬌声《きょうせい》に、やがて、くちゅくちゅと濡《ぬ》れた音が交じり始める。ぼくの先走りが悦の手のひらを濡らす音。それがやけに大きく薄闇《うすやみ》に響《ひび》く。

「なんか……いつもより量が多い」

自分でも薄々危惧《きぐ》していたことを、改めて口にされてカッと顔が熱くなった。

「言…うな…っ」

「でも――そのほうが助かるけど」

低くつぶやいた悦が後ろへ指を伸ばしてくる。長く骨張った指が差し入れられ、ぼくの体液を塗《ぬ》り込むように、じっくり丹念《たんねん》にそこをほぐされた。

「水城ん中……すっげぇ熱い。ぬるぬるにぬるんでて……めちゃめちゃ気持ちよさそう」

欲情を孕《はら》んだ声で熱っぽく囁かれながら、中をかき混ぜられると、無意識に腰《こし》が揺《ゆ》れてしまう。

「ん……ん……あ」

「くそ……エロすぎ。我慢《がまん》できねぇよ」

不意に指が抜《ぬ》かれた。

「もう……いい？」

切羽詰《せっぱつ》まった声音《こわね》に小さくうなずく。

脚を大きく割られ、熱く猛《たけ》ったものをあてがわれた。密着した硬《かた》い筋肉が、さらに引き締まる気配。直後、激しい衝撃《しょうげき》を感じた。

「あ……ぁ……あぁっ」

じりじりと身を引き裂《さ》き、体の中に灼熱《しゃくねつ》の塊《かたまり》が入ってくる。そのしたたかな質量にぼくは眉《まゆ》をきつくひそめ、自分を苛《さいな》む男の張りつめた背に爪《つめ》を立てた。

「ふ……は…ぁ」

体が裂けてしまうのではないかと思うほどの圧迫《あっぱく》に、苦しい息を吐《は》く。

「水…城」

身を揺すって奥深くまで自分を収めた悦が、繋《つな》がったまま、ぼくをぎゅっと抱《だ》き締《し》めて訊《き》いた。

「……痛い?」

正直、ひさしぶりの挿入《そうにゅう》行為は、かなりつらかった。

それでも、畏怖《いふ》より何より、悦とひとつになりたいという欲求が勝っていたから……。

ぼくが痛みを堪《こら》えて首を左右に振《ふ》ると、悦が濡れたまなじりに唇を押しつけてきた。

「ごめん……でもオレ……ずっとずっと水城が欲しかった。あんまり欲しくて……夢にまで見た」

かすれた囁きが耳殻《じかく》に落ちる。

「夢の中で思いっきり責めて……声が嗄《か》れるまで啼《な》かせて……最後の一滴《いってき》まで搾《しぼ》り出させて……数えきれないくらい何度もイカせて」

濡れた舌先で耳の中をねぶられる。

「ぁ、んっ」

女みたいな恥《は》ずかしい声が零《こぼ》れて、あわてて声を嚙《か》んだ。

「でも……目が覚めたら腕の中に水城はいなくて……ひとり夢精してる自分に呆然《ぼうぜん》として」

中の悦がゆっくりと動き出す。ドクドクと脈打つ熱い脈動が、体内をゆるやかに行き来する。硬くしなったもので内壁《ないへき》を擦《こす》られるたび、手足まで痺《しび》れるような快感が走って……。

「アッ！」

心地よい揺さぶりに身を委《ゆだ》ねていたぼくは、突然《とつぜん》の突《つ》き上げに大きく喘《あえ》いだ。胸につくほど膝《ひざ》を折り曲げられて、関節が軋《きし》む。

「い…痛」

「あんなに悲しくて惨《みじ》めな想い――二度と嫌《いや》だ」

視界の中の悦の顔は、捨てられた子供のように引き歪《ゆが》んでいた。

「なぁ……言えよ。二度と離《はな》れないって。オレなしじゃ生きていけないって」

体重をかけて深く穿《うが》ちつつ、熱く激しい双眸《そうぼう》がぼくを射貫《いぬ》く。

「言えよ」

「……え…っ？」

「言わないとオレ、すっごく意地悪になっちゃうよ」

脅《おど》しと同時にぐっと腰《こし》を引かれ、ずるっと悦が抜け出る感触に、ぼくは「ひっ」と悲鳴をあげた。突然放置され、たった今まで悦を呑み込んでいた場所が物欲しげに震える。

「おまえ……育てた恩……仇《あだ》で返し…やがって」

ひくひくと、はしたなくひくつく感覚を持て余し、ぼくは涙目《なみだめ》で悦を睨《にら》んだ。

「欲しかったらちゃんと言って」

けれど、いつになく強気な恋人は怯《ひる》まない。

「………」

「欲しくないの？」

わかっているくせに。わざわざ言わせようとする男にむかっ腹が立つ。

それでも……心許《こころもと》ない喪失《そうしつ》感は切実で。

干上がった喉《のど》を開き、ぼくはその恥ずかしい台詞《せりふ》を絞《しぼ》り出した。

「……欲しい」

「どれくらい？　全部？」

「……全部だよ、馬鹿《ばか》っ」

叫《さけ》んだ瞬間《しゅんかん》、悦の顔がぱっと輝《かがや》く。瞳《ひとみ》に喜色を浮《う》かべて、ふたたびぼくの脚を抱《かか》え上げた。

「あぁっ」

張りつめた切っ先が、半分ほど減《め》り込む。

「たくさん？　いっぱい？　奥まで欲しいの？」

中途半端《ちゅうとはんぱ》な状態でさらに問い詰《つ》められて、ふるふると首を振《ふ》った。

「そんな…こと…言えな……っ」

「言わなきゃこのままだよ？　いいの？」

「……っ」

どうしても言わせたいらしい。ベッドの中で意趣《いしゅ》返しするなんて、そんなワザを一体どこで覚えてきやがったのか。

（……くそ）

意地を張ろうにも、悦が留《とど》まっている場所が熱を孕《はら》み、じんじんと疼《うず》いて我慢できない。

一度は諦《あきら》めたことだってあったのに、こうして身を重ねてしまえば、貪欲《どんよく》な自分をもはや抑《おさ》えることはできなかった。

とめどない欲望。底なしの欲求。

欲しくて——この男が、全部、丸ごと、余すところなく。

「もっと……」

「もっと？」

「奥まで……欲しい」

羞恥《しゅうち》を堪《こら》えて口にしたとたん、ぐうっとすごい圧力がかかった。一気に、最奥《さいおう》まで、体の中いっぱいいっぱいに悦を埋《う》め込まれ、頭が白くなる。

「水城…っ」

吠《ほ》えるように名を呼ばれた。野生の獣《けもの》が獲物《えもの》に食らいつくみたいにくちづけられる。唇《くちびる》を深く合わせたまま、体がバラバラになりそうなくらい激しく揺さぶられた。ベッドがギシギシと軋《きし》む。

「あっ……ぁ、あ……んっ」

気がつくとぼくは、悦のしっとり汗ばんだ熱い肉体にしがみつき、あられもない嬌声《きょうせい》をあげていた。

「オレの名前……呼んで。溢《あふ》れるほどいっぱい聴《き》かせてよ」

ねだられるままに繰《く》り返す。

「悦……悦……悦…っ」

この世の誰《だれ》より愛《いと》しいその名を口にするにつれて、甘い愉悦《ゆえつ》が全身から溢《あふ》れ、身も心もどろどろに蕩《とろ》けていく。

理性が飛ぶほど気持ちよくて——それでいてどこかが切なくて。

「……い、く」

極まる予感に身をのけ反《ぞ》らせると、ぎゅっときつく抱き締められた。

「んっ……あ、あ……あ——っ」

「水城っ」

ぼくが弾《はじ》けるのとほぼ同時に、体の奥で悦もドクンと弾ける気配がした。熱いほとばしりをたっぷりと注ぎ込まれる。脱力《だつりょく》し、ゆっくりと折り重なってくる若い体。まだ息の荒《あら》い悦が、ぼくにそっとくちづける。

「……愛してる」

体内が悦の体液でぬるむ感覚に、ぼくはたとえようもない幸せを感じて微笑《ほほえ》んだ。

翌朝、ぼくは自分のクシャミで目が覚めた。三連発のあと頭がクラクラして、ぐったりと枕《まくら》に沈没《ちんぼつ》する。

「ほら、貸してみ？」

ぼくから体温計を取り上げた悦が、目盛りを読み上げつつ顔をしかめた。

「八度五分。——昨日は年甲斐《としがい》もなく無理させちまったからな。ブランク明けでオレも余裕《よゆう》なかったし、水城がエロい顔でおねだりするからつい三回も」

「誰《だれ》がねだった⁉　誰がっ」

「そういきり立たないの。余計熱上がるぜ。はい、電話。会社に連絡《れんらく》しないと」

同じように雨に打たれても、小憎《こにく》らしいほどに元気ハツラツな悦が、子機を手渡《てわた》してくる。

基礎《きそ》体力の差を見せつけられるようで、ちょっぴりむかつきながら会社に電話を入れた。

『風邪《かぜ》？　熱あるの？　喉は？　咳《せき》は？　風邪にはとにかくビタミンCよ！　水分摂って、病院にもちゃんと行きなさいよ！』

通話が切れた子機を手に、耳の中の高音の残響《ざんきょう》にぼんやりしていると、悦が横合いから覗《のぞ》き込んできて訊《き》いた。

「なんだって？」

「佳子さんがビタミンC飲んで病院行けって。それにしても声がでかい……頭痛え」

「でもマジで行ったほうがいいよ。なんかどんどん熱くなってる気がする」

ぼくの額に自分のおでこをくっつけ、至近距離《きょり》の悦が眉《まゆ》を寄せる。

「ついてってやるからさ」

過保護な台詞《せりふ》と甘いキスに促《うなが》されるように着替えを済ませ、外に出たところで保険証がないことに気がついた。遠まわりにはなるけれど、一旦《いったん》家へ寄らなければならない。

悦のアパートから鳴沢家までは車で数分だが、悦は中型の免許しか持っていないし、ぼくもさすがにこんな状態で運転するのは怖かったので歩くことにした。

昨日とはうって変わり、雲ひとつない晴天。それでも悦は、冷たい風からぼくを護《まも》るように前を歩く。

（甘やかしすぎだよ）

苦笑しながらも、そのフォローに身を委《ゆだ》ねることにした。自分が保護者だという自負に囚《とら》われていた昨日までのぼくなら、素直に甘えることなどできなかったに違《ちが》いない。

年齢《ねんれい》や収入とは関係なく、その時余裕《よゆう》のあるほうが、そうでないほうに自然と手を差し伸べる。そんな関係になれたらいい。少しずつ、ゆっくりと、手探りでいいから。

「なんかひさしぶりだな、ここらへん」

悦が目を細めて、かつて子供時分のテリトリーであった教会を指さした。

「変わってねーなぁ。神父さん元気なのかな」

「元気だよ。昨日は庭の落ち葉を掃《は》いていらした」

「よく忍《しの》び込んでさ、裏庭のびわを盗《ぬす》もうとして叱《しか》られたよな」

懐《なつ》かしい思い出話に花を咲かせているうちに、家の前まで辿《たど》り着く。先に立ったぼくがドアノブを摑《つか》んだ瞬間《しゅんかん》、勢いよくドアが押し開かれた。不意を衝《つ》かれて驚《おどろ》く間もなく、扉《とびら》の隙間《すきま》から丸い顔が飛び出してくる。

「風…子？」

反射的に身を引いたぼくを、姉はシッシッと手で追い払った。

「なんだよ？　どうし…」

「水城？　水城かい!?」

ぼくの問いと廊下の奥からの険しい声が重なる。荒《あら》い足音が近づいてくる気配に、風子が天を振り仰《あお》いだ。

　姿を現した母は、玄関口で足を止めるなり、ぼくを怒鳴《どな》りつけてきた。

「連絡も入れないでどこへ行っていたの!?」

「どこって……別に。外泊《がいはく》ぐらいいいじゃないか。女の子じゃないんだし」

　かわそうとするぼくを血走った目で睨《にら》みつけていたが、やがて感情を懸命《けんめい》に押し殺したような低音を落とす。

「昨日の夜八時頃《ごろ》……高知さんから断りの電話があったんだよ」

「……………っ」

　なるほど――そういうことか。

「本人から?」

　唇を嚙み締めて母がうなずく。

「理由は?」

「自分は結婚《けっこん》するにはまだ未熟で……もうしばらく社会勉強がしたいって」

「……そうか」

　無意識のうちにも、ぼくの声には安堵《あんど》の色が滲《にじ》んでいたのかもしれない。それを察したのか、母の眼差《まなざ》しがいよいよ険しくなった。

「でもそのあとすぐに今度はお母さんから電話があって、お嬢さんが部屋に閉じ籠《こも》ったきり出てこないって。心配で様子を見に行ったら、どうやら泣いてるようだって……。はっきりとは言わなかったけど、暗にこっちを疑ってるみたいな口調だったんだよ」

心底くやしそうに唇が震《ふる》える。

「母さん、否定したくても肝心のあんたはいないし……看護婦長にもどうなってるんだって責められて……。一体どういうことなの？　大体今までどこに…」

「ぼくのところです、おばさん」

突然《とつぜん》ぼくの背中越《ご》しに名乗りを上げた悦を、母は厳しさを緩《ゆる》めぬ目つきで見た。

「悦くん？」

「水城、帰りにぼくのところに寄ったんです。そしたら急に気分が悪くなっちゃって。熱があったんですよ。それでとりあえず横になっていたらそのまま寝入《ねい》っちゃって」

淀《よど》みなく説明する悦から視線を外し、母はふたたびぼくを睨《ね》めつけた。

「それだって連絡くらいできなかったのかい？　この一晩、母さんがどんな思いでいたか……」

まだ納得がいかないといった母の愚痴《ぐち》を聞くにつれ、胃のあたりから急激な吐《は》き気が込み上げてくる。不調のためというよりは、悦に嘘《うそ》をつかせた自分への、嫌悪《けんお》からの嘔吐《おうと》感だった。

自覚の直後、抑《おさ》えられない衝動《しょうどう》が全身を貫《つらぬ》き、とっさに喉《のど》を開く。

「母さん」

ぼくの呼びかけを、けれど母は遮《さえぎ》った。

「とにかく、間に立ってくださった方にはきちんとした説明をしなくちゃ。今回は駄目《だめ》でも次のこともあるんだから。あんた、婦長に電話してちょうだい」

一方的に告げるともう踵《きびす》を返している。

「母さん」

ぼくは、その疲《つか》れた背にもう一度呼びかけた。

「俺、結婚しないよ」

「水城⁉」

悦が叫《さけ》び、風子も息を呑《の》む。母の背中は、びくっと一瞬たじろいだあとで硬直《こうちょく》した。

母が振《ふ》り返るまでの数秒の間に、ぼくは自分自身に問いかけて確認を取った。

これから口にする告白がどのような結果をもたらそうとも、後悔《こうかい》はしない。

「なんて……言ったの？　水城？」

振り向いた母のまなじりは、驚愕《きょうがく》のためというよりは憤怒《ふんぬ》ゆえに吊《つ》り上がっていた。

「結婚はしない。一生しない」

その顔を揺《ゆ》るぎなく見据《みす》え、はっきりと繰《く》り返す。

「何……言ってるの？　じゃあ一生、ひとりでいるっていうのかい？」

背中の悦が焦燥《しょうそう》の滲む声で「水城！」と囁《ささや》き、ぼくのシャツの裾《すそ》を引っ張った。言うなというのだ。だがぼくは彼の意を汲《く》まず、代わりにその手を摑《つか》んだ。

「母さん——俺は悦と生きてくよ」

抗《あらが》う悦の腕《うで》を引き、強引に自分の横に並べて告げる。

「孫の顔を見せられなくて母さんには悪いと思ってる。本当に思うよ。でもこればっかりは曲げられない。俺にとって、もちろん母さんたちとは違う次元だけど……こいつが一番大切なんだ」

母の顔は凍《こお》りついたように、ピクリとも動かなかった。おそらく理解したくないんだろう。

奥歯を食いしばり、胸を塞《ふさ》ぐ哀切に耐《た》えながら、ぼくは残酷《ざんこく》な言葉を重ねた。

「女の人は愛せないんだ。物心がついた時分から……ずっとそうだった。これからも、それは変わらない」

言いきった刹那《せつな》ぼくを充《み》たした解放感は、しかしわずか数秒で、母の悲鳴に吹《ふ》き飛ばされる。

「風子！　あの子は何を言ってるの⁉　母さんにはわからないよっ。なんて言ったの⁉」

母はもうぼくを見てはいなかった。ぼくと、そして悦を視界から追い出すように体の向きを変えると、風子の側《そば》に駆《か》け寄ってその肩《かた》を揺さぶる。

「風子っ‼　ねえ風子ったら！」

その波乱に富んだ人生の賜物《たまもの》か、母親に詰《つ》め寄られた姉はそれでも、この修羅場《しゅらば》においてただひとり平常心を保っていた。なぐさめや同情はかえってマイナスだと判断したのだろう。放心寸前の母の肩に手を置き、まるで幼子を諭《さと》すように言い聞かせた。

「母さん。水城はもう母さんだけのものじゃないんだよ。好きな人ができたんだって。悦くんと一緒に歩いていきたいんだって」

しばらく空白だった母の顔が、唐突《とうとつ》に意味を解したようにくしゃりと歪《ゆが》む。

「母さん、大丈夫《だいじょうぶ》？」

ぐずぐずと頽《くずお》れ、床《ゆか》にうずくまってしまった母を、風子が心配そうに覗《のぞ》き込んだ。

「あ、ぁ、あぁっ……」

顔を覆《おお》った指の隙間《すきま》から押し殺した嗚咽《おえつ》が漏《も》れ始め——風子が肩を撫《な》でるうちに、徐々《じょじょ》に慟《どう》哭《こく》へと変わっていく。

「あたしの子じゃないよ……そんな…わけ…ないよぉ…っ」

ぼくの隣《とな》りで悦が小さく呻《うめ》いた。

ぼくは瞬《また》きすらみずからに禁じ、母の泣く姿を凝視《ぎょうし》し続けた。失望と悲しみに激しく震えるその背を、網膜《もうまく》に灼《や》きつけるために。

目を逸《そ》らし、耳を塞《ふさ》ぐことは許されない。見届けずに逃《に》げたなら、ぼくらはこの先ずっと、永遠に、ここから逃避《とうひ》し続けなければならないだろう。

「あぁあ……う、ぁ……うぅう」

いっこうに収束する気配のない嗚咽《おえつ》の中、ぼくと悦は、ゴーゴンの魔力《まりょく》に石化した旅人さながら、無言で立ち尽《つ》くしていた。

時の歩みからも見放され、このまま本当に石になってしまうんじゃないかなどと、なかば思考力を失った脳の片隅《かたすみ》で疑い始めた――その時。

家の奥から、パタパタと小さな足音が近づいてくる気配がして、まるで閉ざされた時空間を打ち破るみたいに、パタンと扉《とびら》が開いた。

「――!」

チョコレート色の顔がピョコンと覗《のぞ》く。

巻き毛の娘は刹那《せつな》、目の前の状況《じょうきょう》におびえる顔つきをした。やがて祖母に気づくと、大きな目をパチパチ瞬かせる。怖々《おずおず》とした足取りで近寄り、傍《かたわ》らにしゃがみ込んだ。

日頃避《さ》けられている自覚があるのだろう。しばらくためらってから、ついに意を決した表情で、咽《むせ》び泣く祖母に話しかける。

「グランマ……おなかいたいの？　モモ、おまじないしたげようか。いたいのいたいのとんでけ――する？」

そのたどたどしいおまじないの呪文《じゅもん》に救われたのは、母だけではなかった。

呪縛《じゅばく》から解き放たれたように風子が娘《むすめ》に微笑《ほほえ》みかけ、悦もここにきて初めて、自分からぼくの腕《うで》に触《ふ》れてきた。

いっそう激しさを増した母の泣き声を聞きながら、ぼくは悦の指をそっと握《にぎ》り返した。

10

一年の最後の月であるからというばかりでなく、その年の十二月は、ぼくにとって非常に落ち着きのないひと月となった。

それは——社会という未知の海へと漕《こ》ぎ出す前の、不安と期待が複雑に絡《から》み合った——あの最後の春休みにも少し似ていた。

先生も走る十二月の最後の土曜日。

ぼくは二十七年間を過ごした生家を出て、悦と暮すことを決めたのだ。


「ただいま」

ポストから抜《ぬ》き取った郵便物を物色しつつ靴《くつ》を脱《ぬ》ぐ。階段を上りかけてふと顔を上げると、二階の手すりから半身を乗り出した悦と目が合った。

「買ってきた?」

銀行強盗《ごうとう》さながら口を覆ったバンダナを、指でクイッと下げて訊《き》いてくる。ぼくは返事の代わりに、ビニール袋《ぶくろ》の中からガムテープを取り出して見せた。

「ついでに段ボール箱の件を頼んだら、明日の夜までに用意してくれるってよ」

「やったっ！　どこ？」

「駅前のコンビニ」

「明日雨降らなきゃいいけどな。んじゃ残りの荷造りはその段ボールを手に入れてからか」

「おまえもいるだろ？　段ボール」

「オレは水城と違《ちが》って、本だけで二十箱とかにゃならねーもん」

悦の指摘《してき》に眉《まゆ》を寄せる。新しい住処《すみか》はマンションだから、収納スペースにも限りがあるのだ。

「少し整理するか。でもいざとなるとどれも捨てがたくってな」

ため息を吐《つ》いた時、悦の背後から風子の声が聞こえてきた。

「水城帰ったの？　ちょっと来てよぉ」

「今上がるよ」

階段を上がりながら手許《てもと》を見て、定形外の封書《ふうしょ》に気がつく。裏面の差出人の署名は『高知美果』。封を開けると、中から天使のイラストのクリスマスカードが現れた。

常ならぬ忙《せわ》しさに失念していたが、そういえばあさってはクリスマスイブだ。

立ち止まってカードを開いた。

ご無沙汰《ぶさた》しています。お元気ですか?

わたしは今、地元の保育園でお手伝いをさせてもらっています。

初めは慣《な》れないことばかりで、他のスタッフの方たちに迷惑《めいわく》をかけて落ち込んだりもしていましたが、ひと月が過ぎた頃《ころ》からようやく少しずつ落ち着いてきました。大変だけど、子供たちはかわいいし楽しいです。(初めてお給料を手にした時は感激しました。使うのがもったいなくてすぐ貯金《ちょきん》しちゃいましたけど)

暖かくなったら、また三人でどこかに行けたらな……なんて思ってます。

悦さんにもよろしくお伝えください。

それでは――楽しいクリスマスを。

高知美果

彼女らしい几帳面《きちょうめん》できれいな字だった。

ぼくは一段抜《ぬ》かしで階段を上がり、二階の廊下《ろうか》で段ボール箱を積み上げていた悦を手招いた。軍手を外してジーンズの尻《しり》ポケットに突っ込んだ悦が、慎重《しんちょう》な手つきでカードを開く。二度ほど視線を走らせてから、丁寧《ていねい》に封筒《ふうとう》に戻《もど》した。

「引っ越《こ》したら美果ちゃんを部屋に呼ぼうぜ。鍋《なべ》パーティやろう」

「ああ、佳子さんも呼ばなきゃな。引っ越し手伝ってくれるって言ってるし」

二週間ほど前、ぼくらは尾崎佳子さんにすべてを打ち明けた。

雁首《がんくび》を揃《そろ》えての告白と懺悔《ざんげ》のあと、顔を真っ赤にして怒《おこ》り、大吟醸《だいぎんじょう》を一升《いっしょう》空け、カラオケで三時間唄《うた》い倒し、ゲームセンターでゾンビを壊滅《かいめつ》させた佳子さんは、それでも早朝タクシーに乗り込む間際《まぎわ》に笑顔《えがお》をくれた。水臭《みずくさ》い後輩《こうはい》を嘆《なげ》き、自分をダシにしたガキに絡《から》みながらも。

もちろん無罪放免《ほうめん》とはいかず、ぼくにはこれまで以上の誠心誠意のサポート、悦には活きのいい男を最低三人以上紹介《しょうかい》するというノルマが課せられはしたが。

「水城ったら何やってんのよぉ」

「ごめん」

催促《さいそく》の声にあわてて二十七年間寝起《ねお》きした六畳《ろくじょう》の自室へ飛び込むと、積み重ねられた段ボール箱の陰《かげ》から白い手が招いていた。

「ねぇ、これとか何年も着てないんでしょ。だったら子供会のバザーに出してもいい?」

床《ゆか》に座り込んだ姉が、衣類の山から一枚のシャツをつまみ上げて言う。

「おいおい――それ、初期のギャルソンだぞ。マニア垂涎《すいぜん》の激レアもので…」

「いらないならオレがもらうよ」

無邪気《むじゃき》に名乗りを上げる悦を威嚇《いかく》しかけたぼくは、本で満杯《まんぱい》の段ボールに手をかける母の姿で話しかける。

声をかけると、母は「そう？」とつぶやき、足許のモモの手を引いた。小さな顔を覗き込んを視界の隅《すみ》に捉《とら》えた。

「母さん、いいよ。俺たちでやるから」

最後まで言う前に悦がさっと動き、母の荷物を引き取る。

「疲《つか》れたろ？　少し休んでよ」


「モモ、晩ごはんの用意しようか」

「きょうのごはんなぁに？」

「モモの好きなハンバーグだよ」

「ほんと？　モモまぜまぜしてもいーい？」

仲良く手を繋《つな》いだふたりが階下に消えたとたん、悦の感嘆が落ちる。

「なんか……ずいぶん打ち解けたなー」

「今じゃすっかりおばあちゃん子よ。もうべったりなんだから」

笑って風子が肩《かた》をすくめた。

ぼくの告白が母の心情に変化をもたらしたのだと、姉は言う。ぼくが結婚《けっこん》しなければ、モモは母にとってただひとりの孫ということになるから。

たしかにきっかけにはなったろう。でも、振《ふ》り向いた母の視線をそのまま繋《つな》ぎ留めているのは、モモの力だとぼくは思う。

　モモは、彼女の祖母がそのかたくなな心を開くのをずっと待っていた。どんなに無視されてもひねくれずに、辛抱《しんぼう》強く待っていたのだ。

　そうして、今の母が何より欲していたものを与えた。

　求められている——必要とされているという実感。無心な欲求だけが持てる癒《いや》しの力。

　母の心の傷は深く、そしてそれを与えたのがほかならぬ自分であることを、むろんぼくは自覚している。

　実のところ、例の告白から三週間ばかり、母はぼくと口をきいてくれなかった。夜眠れないからと病院を休んで臥《ふ》せる日が続き、食も目に見えて細り、このままではいずれ本物の病人になってしまうんじゃないかと、ぼくと風子は本気で心配した。

　それでも……いや、だからこそ。

　ぼくは家を出ることを決めた。

　悦と暮らすことを母に告げても、臥せた背中は最後まで無言だった。

　しかし翌日から母は起き上がり、食卓につくようになった。翻訳《ほんやく》の仕事を始めた風子の代わりに、近所の公園まで孫の手を引き、主婦仲間へのお披露目《ひろめ》も済ませた。先週からは病院にも復職している。

　想像でしかないが、母なりに吹《ふ》っきれたのかもしれないと思う。もちろん許したとか、認めたとか、そういうことではないのだろう。諦めたというのも違う気がする。

どれほど憎《にく》んで憤《いきどお》っても、ぼくにとっての母が唯一《ゆいいつ》無二の親であるように、母にとってもぼくは血を分けた息子《むすこ》で、その絆《きずな》はどんなに否定したくとも断固と存在していて、逆に言えば、ぼくらはそれ以上でも以下でもないのだ。

ただ、親であり、子であり続ける——。

簡単なようで、案外それが一番難しいのじゃないかと、最近のぼくは思い始めている。

「風子さん、危ないよ。オレがやるから」

悦の心配そうな声に顔を上げると、丸椅子《いす》に乗った風子が、天袋の奥から何かを引っ張り出そうとしていた。

「もうちょっとだから、ほら椅子押さえててよ……えい、やっ！」

爪先《つまさき》立ってその何かを引きずり出した刹那《せつな》、上半身がバランスを失い、後ろ向きに傾《かし》ぐ。

「危ないっ」

かろうじて悦が支えて転倒《てんとう》をまぬがれたものの、風子が摑《つか》んでいた物体は宙を舞《ま》い、着地と同時にものすごい埃《ほこり》を撒《ま》き散らした。

「あっぶねぇな。無茶すんなよ」

「うわっ、すっげー埃！」

「何これぇ？」

鼻と口を左手で押さえた風子が、右手の人差し指で謎《なぞ》の物体をつつく。埃に塗《まみ》れてすっかり白くなっているが、どうやらそれは革のボストンバッグのようだった。

「ずいぶん年代もんだな」

雑巾《ぞうきん》で大まかに表面を払ってから、ぼくは錆《さび》ついたチャックをこじ開けた。口を開いたとたん、年季の入ったカビの匂いがぷーんと鼻をつく。

「ひょっとして……父さんの？」

「マジ⁉　じゃあこの中で人知れず二十年以上も眠《ねむ》ってたってわけ？」

「だって、こんなことでもなきゃあんな奥まで見ないもの」

口々に言い合っているうちに、中からは黄ばんだ原稿《げんこう》用紙の束やら時計やら、もみくちゃのハンカチやらが出てきた。

「やっぱりそうよ！　父さんが旅に出る時いつも持ってたバッグよ、きっと。今頃遺品が出てくるなんてねぇ」

興奮気味の風子の声に煽《あお》られるようにして、一番底から紙の束を摑み出す。

「——あっ！」

その瞬間、ぼくらは一様に目を見開いて固まってしまった。

現れたのは、セピアに変色し、形も歪《ゆが》んだ厚めの四枚の紙。

それは、四つ切りの印画紙だった。

モノクロームの膜面には、構図が微妙《びみょう》に異なるだけの、基本的には同じ場所らしきワンシーンが灼きついている。

鳴沢家の狭《せま》い庭の、小さな手製の花壇《かだん》の前にしゃがんで微笑《ほほえ》んでいる——若き日の母。その腕《うで》に抱《だ》かれているのは、まだよだれかけをしているぼく。母の隣《とな》りで、おかっぱ頭にしかめっ面の風子が三輪車に股《また》がっている。

ぼくらはファインダーを見てはいない。それぞれが好き勝手な方向を見ている。

「望遠で撮《と》ったんだ」

ようやく、悦がポツリと言った。

「隠《かく》し撮り……ってこと？」

つぶやきから一転、風子が叫ぶ。

「馬鹿《ばか》みたい！　なんで家族をわざわざ隠れて撮るのよ⁉」

たしかに馬鹿だ。でもぼくには少しだけ、父の気持ちがわかるような気がした。そうして生まれて初めて、父という人間を身近に感じた。

「母さんっ、母さん、ちょっと来て！」

風子の呼びかけで二階に上がってきた母が、父の写真を手にして立ちすくむ。印画紙に顔を埋《うず》めて膝《ひざ》をつく。忍《しの》ぶような嗚咽《おえつ》が、ほどなく無防備な慟哭《どうこく》に変わり、いつしか子供のように体全体で、母は泣いていた。その肩《かた》を抱く風子も少し泣いている。

けれどその泣き声は、不思議と悲しくは聞こえなかった。

少し早めの天国からのクリスマスプレゼントだなんて、そんなことを思うのはさすがに少女趣味《しゅみ》に過ぎるのかもしれないが。

「いい写真だな」

ぼくの手の中の黄ばんだ写真に、悦のつぶやきがぽつっと落ちた。

「おじさん。山に行く時……本当はひとりきりじゃなかったんだ」

「…………」

そうだったのだろうか。父は家族を連れていったのだろうか。

しんしんと凍《こお》る山の頂《いただき》で——薪《たきぎ》の焔《ほのお》の前で。

父はひとりではなかったのだろうか。

ぼくたちは、父の追い求めた何かを、そのファインダー越しに、一緒に見ることができたのだろうか。

「今度さ、オレも人……撮ってみようかな。まずは水城をモデルにしてさ」

夕日に赤く染まった恋人《こいびと》の横顔のディテールを、ぼくはゆっくりと視線でなぞった。

束《つか》の間、逆光となった日没《にちぼつ》の朱《あか》が、赤道直下の赤い土煙《つちけむ》りと重なり——そして融《と》けた。

年上の恋人

1

「水城《みずき》さぁ、最近きれいになったって言われない？」

目の前でくるくると回る、白く纖細《せんさい》な指を見つめて、及川悦郎《おいかわえつろう》はボソリとつぶやいた。

「……それが来年三十になる男に面と向かってする質問か？」

六つ年上の美貌《びぼう》の恋人が、カプチーノの泡《あわ》をシナモンスティックで搔《か》き混ぜつつ、柳眉《りゅうび》をひそめる。

すんなりと小さな輪郭《りんかく》にバランスよく収まった——褐色《かっしょく》の瞳《ひとみ》、細い鼻梁《びりょう》と薄《うす》い唇《くちびる》。不機嫌《ふきげん》な顔もまた男心をそそるクールビューティは鳴沢《なるさわ》水城。二十三歳の誕生日を間近にしていまだ学生の悦郎と違《ちが》い、小さいながらも芸術系の財団法人に勤め、プロデューサーの肩書きを持つ立派な社会人だ。

「言われない？　みんな遠慮《えんりょ》してんじゃないの？　水城、普段はクールだけどキレると恐《こわ》いからさ。でもみんな心ん中じゃ思ってるって。なんか、ここんところ日に日に色っぽく艶《つや》めいていく感じで……。それってひょっとしてオレのせいだったりし…テェッ」

突然《とつぜん》の激痛に悲鳴が飛び出る。優雅《ゆうが》なはずの恋人の指先が、太股《ふともも》を抓《つね》ったのだと気がついたのは一瞬後。

「何す…っ」

涙目《なみだめ》で抗議《こうぎ》しかけて、ものすごーく恐い顔で睨《にら》まれる。

「恥《は》ずかしいことをデカイ声でベラベラしゃべるな！」

「だって」

「だってもあさってもない。大体おまえは場をわきまえるという一般常識をいつになったら学習するんだ？」

整っているからこそ迫力《はくりょく》の貌《かお》が低く凄《すご》んだ時、背後から声がかかる。

「失礼します──アイスコーヒーのお客様は？」

「あ、そっちです」

一転、ウエイトレスには愛想よく微笑《ほほえ》む水城に、悦郎は腹の中でため息を吐《つ》いた。

（一年半も同居しといていまさらなんだけど……この人ってウラオモテ激しくないか？）

かといって、そのいまさらな疑念を持ち出して当人と議論する気概《きがい》は、むろん悦郎にはない。

「早く飲まないと氷がとけるぞ」

すくすくと伸びた百八十二センチの長身そのままに、のんびり・大らか・茫洋《ぼうよう》系の恋人をせかした水城が、つと腕時計に視線を落とした。

「二時か。約束、二時半だったよな」

「うん。でも、ここから骨董《こっとう》通りなら十分ありゃ余裕《よゆう》だろ」

ひんやりとクーラーのきいた店内から、ガラス窓越しに青山通りの往来を眺《なが》めて答える。アスファルトをジリジリと灼《や》く日差しの照り返しが目に痛い。今年は猛暑《もうしょ》らしく、七月にしてすでに数度真夏日を記録しているが、今日もまたうだるような気温だ。

「余裕こいて遅《おく》れんなよ」

どんな炎天下《えんてんか》でも不思議と涼《すず》やかな水城が、ほんの少しいつもと違う厳しさを漂《ただよ》わせて釘《くぎ》を刺《さ》してくる。

「時間厳守は社会人の基本だからな」

「…………」

人生のキャリアで六年、社会人としても七年、生涯の伴侶《はんりょ》にリードされている自分に苛立《いらだ》ちを覚えるのはこんな時だ。

「……わかってるよ」

ずずっとストローで褐色《かっしょく》の液体を吸い上げ、悦郎はつぶやいた。

三十分後の約束の相手——今をトキメク新進気鋭《きえい》のフォトグラファー・入間亘《いるまわたる》から、唐突《とうとつ》な面会要求FAXが届いたのは、三日前の夜だった。

——キミの写真を雑誌で見た。興味があるので一度まとまった作品を見たい。ちなみにこちらは若くて感度のいいアシスタントを常時募集《ぼしゅう》している。

一留後、来春の卒業がようやく決まったはいいが、スーツを着て企業《きぎょう》を訪問するようでも、就職情報誌に目を通すわけでもないらしいひとり息子《むすこ》を、遠く函館《はこだて》の両親は案じているようだ。本人に訊《き》いても埒《らち》が明かないと見切ったのか、最近では息子を差し置き、絶対の信頼を寄せる『水城宛《あ》て』の電話が多い。

悦郎自身、いつまでも親のすねを齧《かじ》っていられないことは重々承知しており、同居人の負担を減らすためにも、一日も早い自立を願う気持ちは山々なのだが、だからといって生活のために就職することで写真に時間を割《さ》けなくなるのはもっと困る——などとぼんやり考えているうちに季節はいつの間にやら夏。就職戦線もどうやらすっかり佳境《かきょう》を過ぎてしまったらしい。

内定をもらったとはしゃぐゼミの仲間を横目に、そういや去年のアフリカ旅行の借金もあるんだよな、さすがにこりゃちっとは真面目《まじめ》に考えないとマズいか……と腕組《うでぐ》みしたその夜、問題のFAXは届いたのだった。

『どう思う？　この「常時募集してる」あたりがくせものだと思わん？』

残業で帰宅が遅《おそ》かった同居人に早速FAXを見せたところ、紙面に目を通した水城はネクタイを緩《ゆる》めながら鷹揚《おうよう》に言った。

『アシスタント云々《うんぬん》の件はともかく、プロ——しかも一流のプロがおまえの写真に興味を持ったんだ。ちょうど作品もブックにまとめたところだし、会えばいいじゃないか。まぁ、まだ三日あるし、じっくり考えて自分で決めなさい』

自分で決めろなどとクールに突《つ》き放したくせに、こうして貴重な土曜休みの数時間を割《さ》いて青山まで同行してくれる恋人《こいびと》は、結局のところ自分に甘いのではなかろうか。

玄関《げんかん》口を数歩出たところで追ってきて、微妙《びみょう》に視線を逸《そ》らしつつ、『俺も本屋に行くから』と肩を並べた白い横顔を思い出していると、現実の水城が眉《まゆ》をひそめた。

「何をにやにやしてやがる」

「いや、別に。——それよりさ、入間亘ってどんな人？」

「どんなっておまえ、リブロ書房から出ている写真集は全部持ってるだろ？　去年の秋のCUBEギャラリーの個展にも行ったじゃないか」

「そうじゃなくてさ」

水城の指摘《してき》に首を振り、マルボロのパッケージをジーンズの腰《こし》ポケットから取り出す。

「そりゃ作品は存じ上げてますよ、あの露出《ろしゅつ》量だもん。今あの人の写真が載《の》ってない雑誌を探すほうが難しいじゃん。ファッション誌は言うに及《およ》ばず、アート・カルチャー系もこぞって特集組んでるしね。まさに時代の寵児《ちょうじ》って感じで……。だから知りたいのは彼のプライベートな部分っていうか」

「人となりってやつか？……一応、面識はあるが」

つぶやいた水城が手を伸ばしてきて、マルボロを一本引き抜《ぬ》いた。形のいい唇に銜《くわ》え、ライターで火を点《つ》ける。

「そうだな……業界じゃかなりの強面《こわもて》かつ変人で通っている。分別とか常識とか妥協《だきょう》とか協調とか、そういった社会一般通念から果てしなくかけ離《はな》れた独自の哲学《てつがく》を持ち、作品に対する情熱はとめどなく熱い。おかげで泣かされたクライアント及び編集者は数知れず、逃《に》げ出すアシスタントも引きも切らず……」

「マジ!?」

思わず取り落とした悦郎の煙草《たばこ》を器用にキャッチして、白い顔がにっこりと笑う。

「それだけの暴君であるからこそ、あれだけの絵を撮《と》り続けることができる、とも言える。どのみちいまさらドタキャンってわけにはいかないだろ。──ほら二時二十分だ」

「青山ブックセンターを少し覗《のぞ》いて、多分先に戻《もど》っているから」

「……うん」

水城とカフェの前で別れた悦郎は、ひとりとぼとぼと目的地へ向かった。右手のブックよりさらに重く憂《ゆう》うつな気分を抱《かか》え、骨董通りへ足を踏み入れる。

(でもさ、よーく考えたらここって水城の会社と近いじゃん。ってことは昼とか一緒に食ったり帰りに待ち合わせたり……いろいろ楽しいかも)

などと極力自分を盛り上げてみたりもしたが、足取りが軽くなるほどの効果はなかった。

うだるような熱波を掻《か》き分け、額に汗を滲《にじ》ませ、どうにか約束の数分前に目的のビルへ辿《たど》り着く。想像していたより落ち着いた感じの雑居ビルだ。二階まで階段を上がり、突き当たりの『入間巨写真事務所』というプレートが貼《は》られたドアの前に立つ。

ブザーを押して、優に二分は待たされたあと、唐突に鉄の扉《とびら》が開いた。長身の男がうっそりと顔を覗かせる。

「…………」

高い鼻にだらしなくのっかったアンバーのサングラス。陽に灼けた褐色の顔に浮くまばらな不精髭《ぶしょうひげ》——一見してチンピラじみた風貌《ふうぼう》をついまじまじと見つめてしまい、はっとわれに返った悦郎はあわてて頭を下げた。

「先日FAXをいただきました及川です。あの、本日二時半に入間さんとお約束を…」

「入んな」

短く告げるなり頑丈《がんじょう》な顎《あご》をしゃくった男が、くるりと背を向けて歩き出す。指示はなかったが、靴《くつ》を脱《ぬ》がない形式らしいと判断して、土足のまま男の背中を追った。

「お、お邪魔《じゃま》します」

数メートルの廊下《ろうか》を過ぎ、開け放たれた扉をくぐると、そこは簡易スタジオらしき白壁の空間だった。見上げるほど天井《てんじょう》が高く、壁ぎわには、ストロボやスタンドなどの撮影《さつえい》用機材がずらりと並ぶ。

「すげぇ」

ヨダレモノのお宝の山にフラフラと吸い寄せられかけた時、低い声がかかった。

「おい、こっちだ」

次の間に続くドアの隙間《すきま》から、褐色の腕が招いている。

誘《さそ》われるまま、その部屋を覗《のぞ》き込んだ瞬間《しゅんかん》、うっと固まる。

金縛《かなしば》り状態の脳裏《のうり》に真っ先に浮《う》かんだのは、『混沌《こんとん》』という文字だった。悦郎自身掃除《そうじ》は大の苦手だし、同類のウジが湧《わ》きそうな野郎の下宿も少なからず見てはきたが、これほど無秩序《むちつじょ》かつ傲慢《ごうまん》に散らかされた空間は、さすがに類を見ない。片づけ魔《ま》の水城がこの場にいたら、お願いだから掃除させてくれと涙《なみだ》ぐむこと請《う》け合いだ。

（……す、すごすぎる）

床《ゆか》に散乱した紙やビニール袋《ぶくろ》やら雑誌やら新聞やらに阻《はば》まれ、進退極《きわ》まり立ち尽《つ》くす悦郎を捨て置き、男は障害物をガシガシ踏《ふ》み潰《つぶ》し、時に蹴《け》り避《よ》けながら進んでいく。中央のテーブルまで行くと、おもむろに片手で机上を払った。バラバラと落下するブツには目もくれず、今度は椅子《いす》の座面に積み上げてあった衣類らしきものを背後に放り投げる。勢いよく飛んだそれが放物線を描《えが》き、ゴミ箱に吸い込まれる様を、悦郎は呆然《ぼうぜん》と見送った。

「こっちに来て座れ」

かろうじて空席になったそこへ呼ばれる。どうにかこうにかテーブルまで辿《たど》り着いた時には、男は向かいの席にどっかり踏ん反り返っていた。部屋の惨状《さんじょう》をざっと顎《あご》で示し、恥《は》じるどころかいっそ偉《えら》そうに言い放つ。

「今ちぃとアシスタントを切らしててな」

「……………っ」

それではやはり、このカオスの帝王《ていおう》こそが、世のアート系少年少女のアイドル『入間亘』張本人なのか！

薄々覚悟《うすうすかくご》はしていたものの、やはり動揺《どうよう》の色は隠《かく》せない悦郎に、短気らしい男がいらついた声を聞かせた。

「突っ立ってねぇで座れよ」

「あ…はい」

「そんなわけで茶は出せねぇがな。――飲むか？」

「い、いいえ、けっこうですっ」

片隅《かたすみ》にあるキッチンらしきエリアの無惨な様子を目の端《はし》で捉《とら》えた直後、即座《そくざ》に首を振った。

「――で、おまえが噂《うわさ》の及川悦郎なわけだ」

「噂の？」

男の言葉に目線を上げたが、意味を糾《ただ》す前に質問を繰《く》り出されてしまう。

「えらく若そうだが、いくつだ？」

「じきに二十三です」

「学生か？」

「一応、来春卒業予定です」

「今日は休みか」

「今週から夏休みに入りましたから」

そこで不意に矢継《やつ》ぎ早《ばや》の問いが途切《とぎ》れた。背もたれにもたれた男が、腕組みの体勢でこちらをじろじろと眺《なが》めてくる。サングラス越《ご》しの無遠慮《ぶえんりょ》な視線にさすがにいささかむっとして、悦郎も上目遣《うわめづか》いに観察し返した。

外見からは判別しがたいが、マスコミが若手と謳《うた》うからには実際若いのだろう。二十代後半から、三十代の頭といったところか。

背の高い男だ。百八十二の自分と比べても少し目線が上だったから、五はある。カメラマンは体力こそが資本という定説を肯定《こうてい》するように上半身はがっちりとして、カーキ色のTシャツから覗く二の腕もたくましい。この体格で、水城が言ったとおりの性格だとしたら、たしかに恐《こわ》いものはないだろう。仕事をご一緒するのは命がけかもしれない。

ふと、男の左腕に奇妙《きみょう》な彫《ほ》りものを見つけて目を見開く。悦郎の凝視《ぎょうし》に気づいた入間が、にやりと唇《くちびる》の端《はし》を吊《つ》り上げた。

「いいだろ？」

よほど自慢《じまん》の品なのか、わざわざ肩口まで袖《そで》をまくり上げる。乗り出して見るとそれは、アリのような触覚《しょっかく》を持つアメコミ風のキャラクターがカメラを構えている——コミカルなデザインの刺青《いれずみ》だった。

かわいいですね、と言おうとしてつい、「痛くなかったですか？」と訊《き》いてしまった悦郎に、入間は歯を剥《む》いて笑った。

「和彫りじゃねぇから大したこたねぇさ。洋彫り専門のやつに任せたんだが一日で済んだ。ただし、この絵はそこそこのイラストレーターに発注してな。何度もダメ出ししてようやく決めたんだ。一生もんだし、なんせコイツは俺の決意表明だからな」

「決意表明？」

「一生カメラと添《そ》い遂《と》げるってぇな。だから俺は新しい女にゃ必ずコイツを見せて、おまえがどんなに惚《ほ》れても尽くしても二番目だぜって、釘刺《くぎさ》してからヤることに決めてる。——おまえも写真で食ってくつもりなら、そんくらいの肝据《きもす》えろよ」

「……はぁ」

「無駄話《むだ》はここいらで切り上げて、そろそろ本題いくか」

入間がサングラスを外すと、全体のワイルド感を損なわない鋭《するど》い眼光が現れた。瞳《ひとみ》の色が極端に薄いせいか、はたまた造作が大きいためか、どことなく日本人離れして見える。ひょっとして、髭を剃《そ》ってこぎれいに整えればけっこうな男前なのかもしれないが、仮にそうであったとしても、それが男の見るからに『凶悪《きょうあく》』なイメージを覆《くつがえ》すほどの効力を持つかどうかは疑わしい。

「ブック、持ってきてんだろ?」

「はい。……ええと」

ひと月ほど前、就職活動をしないならせめて作品をまとめろと水城に諭《さと》され、彼のアドバイスのもと、試行錯誤《さくご》の末、一冊にまとめ上げたフォトブックを開こうとして、そのスペースがないことに悦郎は気がついた。

しばらく逡巡《しゅんじゅん》したのち、意を決してテーブルの上の四分の一ほどのモノを床に払い落とす。入間は黙《だま》って煙草《たばこ》をふかしている。その様子に力を得て、もう四分の一落とした。入間動じず。ひそかに息を吐《は》く。物理的なスペース確保よりも、これでようやく余計な雑念に惑《まど》わされず作品と向き合えることに安堵《あんど》して、ブックを広げた。

だがふと視線を落とした足許《あしもと》の、たった今みずから払い落とした一群の中に、自分の写真が掲載《けいさい》されたインディーズペーパーが埋《う》もれているのを発見して、あわてて拾い上げる。

『Free's』というその不定期刊行の薄い雑誌を、ほぼひとりで編集から営業までこなしている男に紹介《しょうかい》されたのは数ヶ月前。水城とは旧知の仲だという彼に撮りためた作品を見せると、数日後、そのうちの数枚を掲載したいという連絡《れんらく》をもらった。『ノーギャラだけど』と笑った彼の言葉など耳に入らないほど、その時は舞《ま》い上がったものだが。

雑誌で見た――というのはやはりこれか。

大手の書店でも入手困難な、こんなマイナー誌にまで目を通している男にかすかな畏敬《いけい》の念を覚えつつ、悦郎はブックの横に拾い上げた雑誌を並べた。すると、入間が眉《まゆ》をそびやかす。

「俺じゃないぜ。おまえが自分で落としやがったんだからな。俺はきちんと机に置いてた」

「わかってますよ」

(アレをきちんとと言うか、あんたは)

せっかく芽生えかけた好意を、一瞬にして相殺《そうさい》する男の言葉に嘆息《たんそく》が漏《も》れる。

「もったいぶってねぇで早く見せな。この俺が、時給にして数十万に換算《かんさん》される貴重な時間を、わざわざおまえのために割《さ》いてやってるんだ。――さっさと寄越せ」

呼び出しておいてその言い種《ぐさ》は一体……。

もはや呆然と言葉もない悦郎から強引《ごういん》にブックを引ったくり、入間は銜《くわ》え煙草でページをめくり始めた。あるページは興味なさそうにサクッとすっ飛ばし、また、ある写真は執拗《しつよう》なほど細部までじっくりと視線を這《は》わせる。時折、その肉感的な唇から、質問とも独白ともつかないつぶやきが零《こぼ》れた。

「こいつはなんだ？　アングルはまだしも被写体が冴《さ》えねぇな」

「あ、それはですね……」

「くあーっ、こっぱずかしー写真！　こんなとこまで迫《せま》っといてキメで逃《に》げてんなよ。そーゆー中途半端《ちゅうとはんぱ》が一番みっともねぇって」

「その時はですね、実はそのあと……」

「おまえってボーッとしてるようで案外抜《ぬ》け目ねぇとこあるな。このショットはいいよ。いい表情、捉《とら》えてる。悪くねえ」

「それはどうも……」

「このシリーズは俺はちょっと好かんな。ナイーブすぎるっつーか。たしかに写真ってぇのは個人的なもんだが、こうもベタにテメエの感傷を人に押しつけちゃいけねえ。被写体に惚《ほ》れ込むのはいいが、どっかにクールな視点がねぇとな。ただの独りよがりのマス掻《か》き写真になっちまう」

「はぁ……ですかぁ」

快調なピッチで飛ばしていた入間の講評が、けれど不意にペースを落とす。突然《とつぜん》無口になった男に戸惑《とまど》い、彼が鋭《するど》い目線を据《す》えるページを覗《のぞ》き込んだ。

「あ、それは例の——雑誌にも掲載された連作で、去年の夏アフリカをまわった時の……」

説明の途中、目の前の男の射るような眼差《まなざ》しが、特定の一枚に注がれていることに気づいた。

どこまでも続く地平線と一体化した低木のシルエット。

その根元に寄りかかるように、身を預ける細い影《かげ》。

逆光の横顔はひどく穏《おだ》やかで、まるで大自然の懐《ふところ》に抱かれる安寧《あんねい》を噛《か》み締《し》め、享受《きょうじゅ》するかのように、ひっそりと動かない。

「この写真を見て、俺はおまえを呼んだんだ。どんな野郎がこいつを撮ったのか、この目で確かめずにいられなくてな」

不自然なほどの間を置いて零れ落ちた入間の声音《こわね》は低く、抑揚《よくよう》に欠けている。が、その双眸《そうぼう》は何か特別な感情を孕《はら》み、激しかった。

「どんな野郎が……こいつにこんな表情《かお》をさせやがったのか。酒が過ぎるくらい気にかかってな」

「――え？」

「おまえら、いつからなんだ？　おまえとこいつ――鳴沢水城は」

はっきりと名指しされたシルエットと、その問いを放った男の剣呑《けんのん》な顔つきを見比べて、悦郎は当惑《とうわく》げに首を振るしかなかった。

「あの、話が見えな…」

「長いのか？　長いんだろうな。だが、順番でいったら俺に優先権があるはずだぜ」

挑《いど》むように自分を睨みつける不精髭の大男。悦郎は思わずその名を呼んだ。

「入間…さん？」

「少なくとも、俺は鳴沢の初めての男だからな」

2

世田谷《せたがや》にあるマンションの自室の前に立ち、立て続けにブザーを押す。

玄関口《げんかんぐち》まで迎《むか》えに出てきた白いシャツにジーンズの水城を、悦郎は無言で抱《だ》き寄せた。華奢《きゃしゃ》な体を抱き締めながら室内へ入り、後ろ手にドアを閉める。

「お帰り。早かったな。どうだった？」

「……悦？」

ドアの鍵《かぎ》をかけるのももどかしく、不意を衝《つ》かれた無防備な唇を激しく奪《うば》う。

「………っ」

かなり強引に唇を割り、濡《ぬ》れた口腔《こうこう》内へ押し入った。逃げを打つ舌を搦《から》め捕《と》る。

「んっ……んっ」

熱っぽい粘膜《ねんまく》を舐《な》めねぶり、甘い舌を存分に味わってから、首筋に唇を移動した。しっとりなめらかな肌理《きめ》を吸い上げるたび、薄《うす》い目蓋《まぶた》と長いまつげがふるふると震《ふる》える。やがてしどけなく開いた唇から、あえかな嬌声《きょうせい》が漏れ始めた。

「あ……あっ……」

些細《ささい》な愛撫《あいぶ》にも敏感《びんかん》に反応する——感じやすい体に煽《あお》られるように、シャツの裾《すそ》から手を滑《すべ》り込ませる。胸の小さな尖《とが》りまで手のひらを滑らせ、摘《つ》まむと、水城が身をよじり、細かく頭を振った。

「や…めっ」

嫌《いや》がる言葉とは裏腹に、みるみる指先の肉芽が膨《ふく》らみ始める。首筋を舌で嬲《なぶ》りつつ乳首を弄《いじ》るうちに、腕の中の体が熱を帯び、じわじわ弛緩《しかん》していく。

「え……悦……っ」

ぐずぐずと膝《ひざ》から頽《くずお》れる恋人《こいびと》を、玄関前の廊下《ろうか》に仰向《あおむ》けに組み敷《し》いた。体重をかけて下半身の自由を奪う。逃げを打つ肩《かた》を床《ゆか》に縫《ぬ》いつけ、手荒《てあら》くファスナーを下ろして、ジーンズを下着ごと引きずり下ろした。冷たい床の感触《かんしょく》と突然の心許なさに、水城が小さな悲鳴をあげる。

「や……こんなところ、でっ……」

非難の声は無視して、淡《あわ》い茂みの中の形のいい性器を握《にぎ》った。触《ふ》れずともすでに半勃《はんだ》ちになっていたそれを、快感を引き出すように扱《しご》く。同時に乳首を舌でつつくと、細い体がぴくぴくと身じろいだ。

「あ……ぁ、あ」

切れ切れの甘い喘《あえ》ぎ。手の中のものがどんどんと硬度《こうど》を増す。ほどなく握った手のひらから、ぴちゃぴちゃと濡《ぬ》れた音が漏れ始めた。それが思いがけず廊下に大きく響いて、水城が嫌々と首を振る。

羞恥《しゅうち》に瞳《ひとみ》を潤《うる》ませる姿が壮絶《そうぜつ》なほど艶《つや》っぽくて、腹の底から激しい衝動が込み上げる。熱く昏《くら》い情念に衝《つ》き動かされるまま、悦郎はすんなりと長い脚を抱《かか》え上げ、硬《かた》く猛《たけ》ったもので彼を穿《うが》った。

「外…に……聞こえ…る」

「……ひっ」

刹那《せつな》――のけ反った白い喉《のど》が悲鳴を放つ。

「………っ」

中は、驚《おどろ》くほど熱かった。締めつけのきつさに眉をひそめ、悦郎は熱い息を吐いた。

「水城」

小さく名前を呼んで、まなじりの涙《なみだ》を唇《くちびる》で吸い取る。

こんなふうに無理矢理、性急に体を合わせたのは初めてだった。普段はきちんとゴムをつけるし、相手の意思も確認する。

だけど今日だけは――どうしても我慢《がまん》できなかった。寝室《しんしつ》へ向かう時間はもちろん、靴《くつ》を脱《ぬ》ぐ数秒だって待てない。

今すぐ、気が狂《くる》いそうなほど、恋人が欲しかった。

「水城……水城」

白い首筋に顔を埋め、うわごとのようにその名を繰《く》り返す。――と、強《こわ》ばっていた体が力を抜く気配。それに従い内部もまた、しっとりと悦郎を包み込んだ。

ほっと息を吐き、唇に唇を重ねて動き始める。

「あっ、ぁっ……あっ」

抽挿《ちゅうそう》のたび、合わせた唇の隙間《すきま》から、官能に濡れた喘《あえ》ぎ声が零《こぼ》れた。きゅうきゅうと断続的に締めつけられ、ねっとりと深い快感に頭が白くなる。とろけるみたいに熱い粘膜を、何度も何度も、夢中で擦り上げた。

「悦……え…つ……もう…っ」

甘くかすれた声音と同時、細い腕がしがみついてくる。

「い…く。い……あ──っ」

ぎゅっと首筋に圧力を感じた瞬間、ひときわ高い嬌声《きょうせい》をあげて、水城が達した。

「……く」

余韻《よいん》に震える体をきつく抱き締めながら、その身の奥深くに、悦郎もまた熱い飛沫《ひまつ》を放った。

「……ふ」

ゆるやかな呼吸を刻む肩に口づけたあと、さらに首を伸ばして唇に唇を寄せる。

情事の余韻のようなそのキスは従順に受けとめて、だが唇が離《はな》れるとすぐ、細い肢体《したい》は悦郎の腕から逃《のが》れた。気怠《けだる》く立ち上がり、シャツ一枚を纏《まと》っただけのしどけない姿で浴室へと向かう。性交の残滓《ざんし》が伝う、むき出しの脚。ほっそりとした後ろ姿を見送りながら、悦郎は長い足を自堕落《じだらく》に投げ出した。

ほどなく廊下の奥から、シャワーの水音が聞こえてくる。ふと、自分の汗臭《あせくさ》さが気になって、仰向けに寝転《ねころ》がったまま、履《は》き慣れない革靴《かわぐつ》を剝《は》ぎ取った。一足ずつ玄関へ放り投げる。鉄の扉《とびら》にぶつかった革靴が音を立ててタイルの床に転がった。

さすがに面接に履きつぶしたスニーカーはまずかろうと、昨日急きょ購入《こうにゅう》した靴だ。

『高校の入学式で見初《みそ》めてな。一目惚《ぼ》れってやつだ。そのあとはそれこそプライドをかなぐり捨てて追いかけまわした』

耳に還《かえ》る入間の声を道連れにリビングまで行った。ふたたびフローリングにごろりと寝転がる。

『お近づきになりたい一心で、あいつのあとを追って写真部にも入った。カメラなんざ触《さわ》ったこともなかったのにな』

自失のあまりに断片的でしかない記憶《きおく》の中で、それだけリアルにリフレインするフレーズ。

――高二の夏……放課後……部室で……。

『こっちは念願の初エッチで舞《ま》い上がりきってんのに、あの野郎、終わるとひとりさっさと服着てとっとと帰りやがった。顔色ひとつ変えねぇで』

それを聞いたあとの自分の行動は混沌《こんとん》として――どうやってあの場を辞し、どういったルートで世田谷のマンションまで辿《たど》り着いたのか、記憶が曖昧《あいまい》だ。思い出せるのは、ただただ灼《や》けるような胸の痛みと、爆発しそうな体の熱さだけで……。

そうして水城の顔を見た瞬間《しゅんかん》、体内の溶鉱炉《ようこうろ》が爆《は》ぜた。

ポタリ……。

落下音に目線を転じると、フローリングに投げ出した腕《うで》の向こうに、裸足《はだし》の爪先《つまさき》が見えた。断続的にポタリ、ポタリと落ちる雫《しずく》が、ジーンズの長めの裾《すそ》を濡らしている。悦郎は半身を起こし、その形のいい爪の持ち主をすくい見た。

「…………」

滴《したた》る水気もそのままに、身じろぎもせず、水城は立ち尽《つ》くしている。しばらく無言で俯《うつむ》いていたが、やがて長いまつげがゆるゆると持ち上がり、褐色《かっしょく》の双眸《そうぼう》が悦郎を捉《とら》えた。色のない唇が薄く開く。

「おまえは体力があり余ってるからいいだろうがな……俺はもう年なんだから、少しはいたわれよ」

艶っぽくかすれた声から、言葉ほどには自分を責めていないニュアンスを敏感に感じ取って、悦郎は床に胡座《あぐら》をかいた。自分の中からも、つい十分前まで渦巻《うずま》いていた激情の嵐《あらし》が去ったことを確かめつつ、尋《たず》ねる。

「あいつと——入間亘と高校で一緒だったこと、なんで黙《だま》ってたんだ？」

刹那、恋人の若さゆえの稚拙《ちせつ》な感情の暴発を体で受けとめた年上の男は、ひどく無防備な表情をみせた。子供のように唇を嚙んで、幾度も首を横に振る。

「……水城」

責めているわけではないことを、ただ恋敵《こいがたき》の口からではなく、その顔を間近に見つめながらその唇から説明が欲しいのだということを、立ち尽くす恋人にわからせたくて。

「こっちに……側《そば》に、来て」

揺《ゆ》れる水城の視線を捉えて手招いた。自分の前の床を指し示し、まるで幼子を諭《さと》すようにやさしく問う。

「なんであいつと寝たの？　好きだったの？　あいつのことが」

従順に腰《こし》を下ろしかけていた水城がぴくっと肩を揺らし、小さく舌を打った。

「あの野郎っ……ベラベラと」

低く唸《うな》ったあと、それでも、気を取り直したようにきちんと正座をする。

「……なんでだろうな」

悦郎と対峙《たいじ》した水城は、遠い過去の自分と向かい合うような、少しおぼつかない面持《おもも》ちでつぶやいた。

「おそらくは、あいつのあまりのしつこさと熱意に根負けしたのが半分。残りは好奇心《こうきしん》だな。確かめたかったんだ。自分が何者で、どこへ行こうとしているのか。どこまでなら妥協《だきょう》できて何が許せないのか」

「それだけ?」

さらなる追及《ついきゅう》に、わずかに眉根を寄せる。

「あの頃《ころ》――俺は自分の性的嗜好《しこう》がどうやら通常一般と異なるベクトルを持っていることに薄々気づき始めていて……かなり困惑《こんわく》していたし、正直ネガティブにもなっていた。入間は、あいつはゲイってわけじゃないがキャラが強烈《きょうれつ》すぎる上に人並み外れたパワーを自分でも持て余している節があって、健全なクラスメートの中で浮《う》きまくっていた。――そういった意味では、はぐれ者同士の連帯意識に背中を押された部分もあったかもしれない」

理路整然と過去の自分を分析《ぶんせき》してみせる恋人の前で、悦郎は小さく息を吐《は》いた。

「じゃあさ、今日オレがあいつに会うことで、昔のことがばれるかもしれないって思わなかった?」

「もちろん……思わなくはなかった」

うなずいた水城が、ゆっくりと目を細める。

「だけどそんな個人的な感情より、おまえたちを引き合わせることのほうが重要だし、優先すべきだとも思ったんだ。――俺はおまえの写真が好きだけど、もし本気でプロを目指すなら今のままじゃ駄目《だめ》だ。基礎《きそ》がないやつはいつか必ず壁《かべ》にぶち当たる。年取って融通《ゆうずう》がきかなくなってから基本に立ち返るのはキツいからな」

「…………」

「どうせ修業をするなら、一流のプロに師事するに越《こ》したことはないだろう。だからといって現場から十年も遠ざかっているような巨匠《きょしょう》じゃ意味がない。現役バリバリの、勢いがあって先もある現在進行形の若手筆頭といったら、やはり『入間亘』じゃないか？」

「冷静なんだな、プロデューサーは」

言葉にしてしまってから、無意識の毒《どく》に気がつく。あわてて目の前の顔を窺《うかが》うと、恋人《こいびと》は気弱さと強気がせめぎ合うような複雑な表情でこちらを見返してきた。

「もしおまえがこのままこの道をいけば、狭い業界だ——遠からず入間と顔を合わせるだろう。いつかは知られる過去ならば、早いうちがいいという打算も正直あった」

まっすぐな眼差《まなざ》しが、不意に揺らぐ。白い顔がじわじわと俯《うつむ》いた。

「でも……だからといっておまえを待つ間、冷静でいられたわけじゃない」

頼りなく揺れる前髪《まえがみ》の陰《かげ》で唇がわななく。

「これでもずっと胃が痛かったんだ。恐《こわ》くて……もしおまえがこのまま帰らなかったら——そう思っただけで胃が縮み上がって……」

「……水城」

膝上《ひざうえ》の手の甲《こう》に、めったに吐かない本音を零《こぼ》す年上の男の肩《かた》を、悦郎はそっと抱《だ》き寄せた。胸を締《し》めつける切ない想いごと恋人を抱き締め、濡《ぬ》れ髪をあやすように撫《な》でる。

密着した体の緊張《きんちょう》と震《ふる》えを、自分のことのように感じた時、途切《とぎ》れ途切れのかすれ声が囁《ささや》いた。

「抱いてくれて……うれしかった」

「水城？」

「もう二度と……触るのも嫌だと思われたら……」

「思うわけねぇだろっ」

思わず大きな声が出る。

「オレなんか、年中無休で水城に発情してるようなもんなんだからさ」

細いけれど熱っぽい体をきつく抱き締め、やわらかい髪に額を擦《こす》りつけた。そこだけひんやり冷たい耳に口づける。

「本当はさっきのじゃ全然足りなくて、今すぐにでも、もう一回水城の中に入りたいくらい……いつだって欲しいのに」

うめくように囁いて、今度は唇《くちびる》にキスをした。しっとりと濡れた甘い唇を、何度も啄《ついば》む。短いキスを繰《く》り返しているうちに、腕の中の体が、少しずつ強《こわ》ばりを解くのを感じる。

「愛してる……水城……愛してる」

薄《うす》く開いた唇の間に繰り返した。

「……俺も」

耳を澄《す》まさなければ聞き取れないほど小さな声が、ためらいがちに囁き返す。

年上の恋人は、ふたりの関係に長い間負い目を抱いていて――根深い罪悪感はいまだ彼の心に爪痕《つめあと》を残しているらしい。

素直な気持ちを言葉にすることは、彼にはとてもハードルが高いことで――。大変なことだとわかっているからこそ、愛《いと》しさが込み上げてくる。

「好きだ……好き。愛してる」

だから彼の代わりに、言葉にする。何度も好きだと繰り返す。

「昔からずっと一緒で……今は毎日一緒にいるのに……なんでこんなにまだ好きかな。オレ、病気？」

「……馬鹿《ばか》」

湿《しめ》った髪を撫でながら、震えが完全に治まるのを待って、わずかに上体を離《はな》した。二の腕を摑《つか》み、白い顔を覗《のぞ》き込む。

「でもさ、いくら愛する水城の推薦《すいせん》でも、やっぱオレ、あいつの下で修業すんのは嫌だ。あいつの写真は好きだし水城の言うとおりだとも思うし……自分でも大人げねぇのわかってるけど」

「……そうか。わかった」

引き際を心得た大人の恋人がうなずいた。慈愛《じあい》に満ちた笑みに、なんとなく後ろめたい気分になる。

「ごめん」

「なんで謝るんだ？」

「いや、なんとなく……」

「気にするな。おまえはおまえの行きたいように行けばいいんだから」

そんなふうに言われれば、さらに後ろめたさが募《つの》り、つい気持ち以上に前向きな言葉が出てしまう。

「明日からさ、別の事務所をまわってみるよ。とりあえず今晩中に二、三人ピックアップして、明日の朝いちでアポ取って——あっ！」

突如《とつじょ》発せられた大声に、水城が目を見開いた。

「どうした？」

怪訝《けげん》そうに問われ、あうあうと口を開閉する。ほどなく半開きの唇から、これ以上ないほど情けない声が零れた。

「……よく覚えてねぇけど、オレ、多分あいつんとこにブック忘れてきた」

「おや、これはこれはおふたりさん」

翌──日曜日。

こういったことは早いほうがいいと主張する水城になかば引きずられるように、二度と訪れるつもりのなかった『入間亘写真事務所』の前に立った悦郎は、オーナーの嫌《いや》み全開の笑顔に出迎《でむか》えられた。

「仲良くお揃《そろ》いで」

「ひさしぶりだな、入間。写真のほうはいつも見てるんだが。──悦、ほら挨拶《あいさつ》」

横に立つ水城に肘《ひじ》でつつかれて、嫌々口を開く。

「……ブック、取りに来ただけだから」

「そう睨《にら》むなってボウズ。ま、上がれよ」

挑戦《ちょうせん》的な目線をあっさりかわした入間が、身を退《ひ》いて水城を招き入れた。

「お邪魔《じゃま》します」

「あ──おい、水城ってば」

入間につき従う恋人のシャツの裾《すそ》を引こうとしたが間に合わず、恨《うら》めしげに華奢《きゃしゃ》な背中を睨みつけること数秒。結局は悦郎も渋々《しぶしぶ》と足を上げる。

「とりあえず、こいつに座ってくれ」

さすがの入間も想い人を例の部屋へ通すことは気が引けたのか、スタジオのどこからか簡易椅子を三脚持ち出してきた。勧《すす》められるままに腰《こし》を下ろした水城が、持参の紙袋からワインのフルボトルを取り出す。

「せっかくの休みに邪魔してすまない。昨日こいつが大した粗相《そそう》をしたと聞いて――これは、ほんの詫《わ》びの気持ちだ。おまえ、赤好きだろ？」

「お、マルゴーか」

受け取ったボトルを手に破顔して、次に入間は肩をすくめた。

「気ぃ遣《つか》うなって水くせえ。休日なんてンな上等なもん、端《はな》から縁《えん》がない商売なんだからよ」

「仕事中だったんじゃないか？」

「明日渡《わた》しが二件ほどあって暗室に籠《こも》ってたんだが、ちょうど一服したかったところだ」

「相変わらず自分で焼いてるのか」

「弟子切らしてるからな。てめえでやるしかねぇのよ。――そんなわけで茶を出す人間もいねぇんだが、なんならこいつをやるか？」

マルゴーを掲《かか》げた入間に、水城が笑って首を横に振《ふ》る。

「あ、あのさー」

このまま同窓会に雪崩込《なだれこ》みそうな空気を恐《おそ》れ、悦郎は必死に口をはさんだ。

「楽しそうなとこ悪いんだけどオレのブック……」

「おー、そうだったな」

銜《くわ》え煙草《たばこ》の入間が立ち上がり、迷宮の小部屋に消えた。一分ほどして、フォトブックの上に灰皿を乗せて戻《もど》ってくる。自分の作品集の安否を憂《うれ》うあまりに昨晩まんじりともできなかった悦郎は、入間の手からわが子を奪《うば》い返すとヒシッと抱《だ》き締めた。

「この業界、相当クセ者も多いが、作品見せてる最中に突然《とつぜん》キレた挙げ句、ちゃぶ台うっちゃって帰ったのはおまえが初めてだぜ？」

組んだ脚の上の灰皿に吸い差しをねじ込みつつ、唇の端《はし》で笑った入間が、直後ふと真顔になる。

「持ち主がリタイアしちまったから残りはひとりで見たけどな。保護者の前だから言うわけじゃねぇが——悪かねえ。もっとも今はまだ素人《しろうと》にしちゃあ…のレベルだが。まだまだ稚拙《ちせつ》で視点も構図も定まらねぇし、いかにも学生くさい甘チャンな写真も多いが、魂《たましい》があるよ、おまえの写真には」

言うなり、男がぐっと身を乗り出してきた。射《い》るような眼光がまっすぐ見据《みす》えてくる。

「いいか？　こいつを持たねぇプロは案外多い。やつらはそれをセンスやらテクニックやらでごまかそうとするが、見る目を持つ者にゃ違《ちが》いは明らかだ。きれいきれいでおしゃれだが、誰《だれ》の心も揺《ゆ》り動かさねぇ写真なんてものはな、クソだ。犬のクソのほうが上等なくらいのクソだ」

どこかひょうひょうと摑《つか》みどころがないように見えた男の——真摯《しんし》な表情。予想外の入間の熱気に圧《お》されて、悦郎は息を呑《の》んだ。

「おまえにはおまえだけの、おまえにしか見えないフレームがあり、今はただそれを無意識に切り取っているだけなんだろう。感性のアンテナに反応したものにレンズを向けてシャッターを切れば、自然とそこそこの絵が撮《と》れる。しかし悲しいかな、感性ってやつは疲弊《ひへい》するんだよ。いずれ年食って分別がついたりすると運動神経と同じで鈍《にぶ》っちまう」

「…………」

「だが魂は違う。魂は老いても鈍ったりしない。傷つくだけだ。傷ついて……その傷の数だけ強靭《きょうじん》な輝《かがや》きを放つことができる。おまえの写真にはその魂がある。つまり——磨《みが》きようによっちゃ本物になれる可能性があるってわけだ」

「本…物？」

一流のプロに認められた喜びより、まだ戸惑《とまど》いのほうが大きい悦郎をかばうように、水城が低くつぶやく。

「おまえならわかると思っていたよ」

ふんと鼻を鳴らした入間が、何本目かの煙草に火を点《つ》け、盛大に煙《けむり》を吐《は》き上げた。吸い差しをはさんだ指でガリガリこめかみを掻《か》いていたかと思うと、不意に鋭《するど》い視線を水城に向けた。

「鳴沢、おまえマジでてめえの虎の子を俺に預けるつもりか？」

「おまえが預かってくれるなら」

恋人《こいびと》の即答《そくとう》に、悦郎はぎょっと目を剝《む》いた。

「ちょ、ちょっとタンマ！　そんなこと勝手に……っ」

「おいボウズ」

悲鳴を入間の低音が遮《さえぎ》る。

「悪いが俺はおまえのきれいなハニーみたいに甘かねぇぜ？　おまえが泣きベソかいたってカラダで慰《なぐさ》めてやれねぇしな。先月逃《に》げたやつも含めてアシスタントは歴代八人いたが、無事卒業したのはそのうちひとりだけだ。そいつは独立してそこそこ売れ出しちゃいるが、残りはほとんどカメラ売って田舎《いなか》に帰ったしな。体壊《こわ》していまだ入院してるやつがひとり、ストレス性の自律神経失調症《しょう》で通院中が……たしかふたりか」

指を折って不幸な弟子たちを数え上げる入間に、水城がにっこりと極上《ごくじょう》の笑《え》みを向ける。

「こいつは案外骨があるよ。体も見てのとおり頑丈《がんじょう》だし。失望はさせないと思うけど」

「水城⁉」

娼館《しょうかん》に売り飛ばされる生娘《きむすめ》の気分で、悦郎はやり手の仲介《ちゅうかい》業者――ならぬ、愛する恋人を呆《ぼう》然《ぜん》と見やった。

「ま、根性悪のおまえと暮らしてるくらいだ。並みの神経じゃねぇことは認めるがな。――なぁボウズ、おまえの男《イロ》は相当なくわせ者だぜ。こんな顔して男を手玉に取る取る」

ずいぶんな言われように水城が眉《まゆ》をひそめ、かつてのクラスメートを軽く睨む。

「人聞きの悪いことを言うな」

「いーや、この際言わせてもらう」

首を振り振り、入間が応戦した。

「この俺をあれほどこっぴどく振りやがったのはあとにも先にもおまえだけだぜ、鳴沢。しかも一度は応じておきながらの手ひどい仕打ち。おかげでナイーブなムスコはストレス性のEDまっしぐら。貴重な青春の一年を俺は棒《ぼう》に振ったんだぞ？」

「一度でいいから、気が済むからって土下座したのはおまえだろう」

「そいつはたしかにそうだが……」

冷ややかな突《つ》っ込みに、ちっと舌を打つ。

「まぁいいか。おまえにゃ振られるわ女は抱けないわで、結果しょうがなしに写真にうち込んだあの一年が、今現在ビッグな俺の礎《いしずえ》になってるわけだしな」

ブツブツとひとりごちた入間が、会話からひとりぽつねんと取り残され、もはや魂を飛ばした脱《ぬ》け殻《がら》状態の悦郎をふたたび見る。

「おい」

正面から呼びかけられ、過《か》酷《こく》な現実から逃避《とうひ》していた悦郎は、はっと両目を瞬《また》かせた。

「先に言っておくが、給料なんて上等なもんはほとんど出ねぇぞ。ロケは休日のセッティングが多いから定休日もない。時間は不規則だ。早朝五時現地集合なんてのもザラだからな」

（……ひーっ）

空恐《そらおそ》ろしい雇用《こよう》条件の羅列《られつ》に言葉も出ない悦郎をさておき、保護者の同意が入る。

「この世界で食っていくつもりなら、今から慣れておいたほうがのちのち楽だろう」

「よし、じゃあ決まりだな」

ポンと入間が膝《ひざ》を打った。

き、決まりってあんたたち!?

「オレの意志はっ？　個の尊重とか職業選択《せんたく》の自由とかないのかよ!?」

顔面蒼白《そうはく》で訴《うった》える悦郎に半眼の入間が凄《すご》む。

「あんだぁ？　俺の弟子のどこが不満だ。今をトキメク天下の入間亘大先生だぞ？」

「自分でトキメクとか言うな！……じゃなくって、たしかにあんたの写真は好きだけど、そういうことじゃなくてっ」

「お願いします——だろ？　悦」

「……み、水城」

「就職が決まったからには、きちんと敬語も使えるようにならないとな」

「…………」

にっこり極上の笑顔で駄目《だめ》押しの揺さぶりをかける恋人を、悦郎は絶望的な気分で見た。

「そうと決まれば早速だな」

さらなる追い討ちをすべく立ち上がった鬼師匠《おにししょう》が、しかし、新弟子のダメージマックスな様相に肩《かた》をすくめる。

「初日から作業は勘弁《かんべん》してやるか。その代わり、今日はゆっくり寝《ね》て、明日は朝九時にはここに来いよ。俺が来るまでにあの部屋をきっちり片づけとけ。チリひとつなく完璧《かんぺき》にな」

「げえぇっ！」

魔《ま》の巣窟《そうくつ》を顎《あご》で示され、激しくのけぞる悦郎を後目《しりめ》に、無情な恋人は足許《あしもと》のバッグからA4サイズの封筒《ふうとう》を取り出した。封筒から書類らしきものを抜《ぬ》き出し、入間に手渡す。

「なんだ？」

「めでたく新弟子も決まったことだし、再来月の件、考え直してくれないか」

受け取った書類をパラパラとめくり、入間が、「あー」となった。

「例の秋の企画展《きかくてん》か」

「悦郎の写真が掲載《けいさい》された雑誌と一緒に、参加申し込み書類一式も送付したはずなんだが」

「あったかもしれんが、どっかいっちまった」

「だと思って一式用意した」

すかさず数枚の書類が添えられる。

「相変わらずそつがないこって。けど、マジ再来月はキツいぜ。ここんとこ海外ロケが目白押しでな」

「そこを押して頼むよ。おまえが参加するのとしないのじゃ動員数の桁《けた》が違う。紙焼きなら新弟子に暗室に籠《こも》ってもらえばいいだろう?」

「そうか! その手があるな。暗室修業にはもってこい、か」

職場だけでなく具体的に明日からの仕事まで割り当てられた悦郎は、もはやふたりの大人の意味ありげな視線に抗《あらが》う気力もなく、椅子《いす》にぐったりへたり込んでいた。

「……助かるよ、いろいろと。恩に着る」

年下の恋人には聞こえない小声で囁いた白い顔を見つめ、入間が唇《くちびる》の端《はし》を上げる。

「下心あるぞ、俺の場合。無料奉仕《ほうし》はしねぇ主義だからな。——覚悟《かくご》しとけ」

その念押しには微笑《ほほえ》むだけで、水城は背後の悦郎を振《ふ》り返った。

「悦、帰るぞ」

力なく立ち上がった悦郎を急《せ》き立て、玄関《げんかん》から一歩外へ出たところで声がかかる。

「鳴沢」

振り向いた水城に視線を向け、ドアを片手で押さえた入間が、「おまえさ……」とめずらしく言い淀《よど》んだ。

「俺も男はあれきりだが、結局のところ、おまえも俺とそのボウズしか知らねぇんだろ? おまえ、女と試したことあるか？　ひょっとして自分で思い込んでるだけで、女もいけるんじゃねぇか。たまたま女に惚《ほ》れる前にそいつに会っちまっただけで」

虚《きょ》を衝《つ》かれたようにしばらく押し黙《だま》っていた水城が、思案げに目を細める。

「そんなふうに考えたことはなかったな。たしかにその可能性もあるが……」

そこで言葉を切り、傍《かたわ》らの悦郎を見つめた。

「だがたとえ女性を愛せたとしても……いまさら意味はないからな」

とたん、入間が大造りな顔を歪《ゆが》める。

「……ノロケやがって」

ケッと吐き捨てると同時、バタン！　と手荒《てあら》くドアが閉まった。

外に出ると、まだ日差しはきついものの、むせ返るような熱気はいくらか鎮《しず》まっていた。

「なんだかなぁ」

休日のせいか、夕刻になっても人通りの絶えない青山通りを恋人と肩を並べながら、悦郎は重苦しい嘆息《たんそく》をアスファルトに落とした。

「結局、あいつとオレのお見合い仕組んだのって水城なんじゃゃん」

「結果的にはそうなるか」

しれっとした返答に思わず足が止まる。つられて立ち止まった水城に向き直り、拳《こぶし》を握って吠《ほ》えた。

「結果的には、じゃねぇだろっ⁉　確信犯だったくせに！　わざとオレの写真が載《の》った雑誌をあいつに送ったくせに！」

びしっと指を突《つ》きつけても、白皙《はくせき》は微塵《みじん》も動じない。

「入間は日本一の負けず嫌《ぎら》いだからな。あの写真を見れば必ず連絡《れんらく》してくるとは思った」

「ほら！　そうじゃねぇかやっぱり‼」

鬼の首を取ったような大声を鼻先でいなし、年上の男が薄く笑う。

「ま、結果オーライだろ。この氷河期に就職が決まって借金返済のメドはついたし、俺もこれで函館《はこだて》のおばさんたちに面子《めんつ》が立った。——ああ、そうだ、風子とモモにも連絡してやらないとな。あいつら喜ぶぞ。『悦くんの初任給で満漢全席があたしの夢』って、この数ヶ月うわごとみたいに言ってたからな」

「初任給なんて言ったたって、きっと雀《すずめ》の涙《なみだ》だぜ？　どーすんのよオレ。あんな鬼畜《きちく》なおっさんに弟子《でし》入りしちゃって……人間性失いそう」

言葉にしているうちにひしひしと実感が込み上げてきて、胃がちくちく痛くなってくる。顔を歪めて鳩尾《みずおち》をさすっていると、隣《とな》りから妙《みょう》に確信に満ちた声が言った。

「おまえなら大丈夫《だいじょうぶ》だよ」

「……何を根拠《こんきょ》に言ってんだよ？」

取り澄《す》ました横顔を恨《うら》めしげに睨む。

「水城って……ほんと油断ならねぇよな。オレ今回骨身にしみたよ。そんな澄ました顔して自分はちゃっかり仕事までまとめちゃうし。今気がついたけど、昨日青山までついてきてくれたのだって、オレがちゃんとやつの事務所まで行くかどうか見張りたかったんじゃねぇの？　それなのにオレったらやさしいとか感激しちゃって」

自分の甘さにつくづく打ちのめされる悦郎とは裏腹に、水城の表情は実に晴れやかだった。

「この手のセッティングはな、最後の詰《つ》めが肝心《かんじん》なんだよ。最低これぐらいの根回しテクがなけりゃ社会人は務まらないの」

話はついたとばかり、スタスタと歩き出す背中を見つめ、唇をきゅっと噛《か》み締《し》める。

（オトナって汚《きた》ねえ）

畜生。オレは絶対、社会に出ても『純真』は売り渡さないぞ！

心に固く誓《ちか》って、夕日に赤く染まった背を追った。

「でも水城の場合、社会人として成熟したっていうより単に老獪《ろうかい》になってきたって気がしないでも……」

それでもまだ腹の底でくすぶる不満をぶつぶつ零《こぼ》していたが、

「なんか言ったか？」

背後を顧《かえり》みた流し目の迫力《はくりょく》に、強《こわ》ばった顔でふるふると首を振る。

「……気のせいです、はい」

その様にさすがに哀《あわ》れみを覚えたのか、水城が一転やさしい声を落とした。

「それより腹減らないか？　就職祝いに奢《おご》るから、好きなものリクエストしろよ」

「マジ？　なんでも？　好きなもの？」

しょんぼり落ちていた悦郎の肩が跳《は》ね上がる。

「ああ、なんでも」

「やったー！」

思わず空いている左手でガッツポーズを決めた。食べ物であっさり懐柔《かいじゅう》されてしまう自分に一抹《いちまつ》の不甲斐《ふがい》なさを覚えつつも――幸せなんだからいいじゃないかと開き直る。

夕闇《ゆうやみ》に紛《まぎ》れて、悦郎は、そっと年上の恋人《こいびと》の手を握《にぎ》った。

なめらかで、でもしっかりと骨があり、とても……あたたかい。

この手の上なら踊《おど》らされるのも本望――などと精一杯《せいいっぱい》強がりながら。

太陽の恋人

テレビの中のニュースキャスターが、「記録的な猛暑《もうしょ》です」と訴《うった》えている。気温三十度を超《こ》す連続の真夏日は二十日を数え、なおも記録を更新《こうしん》しそうな勢いだ。陽《ひ》が落ちても、都会の余熱はいっこうに鎮《しず》まらず、クーラーをかけて寝《ね》れば喉《のど》を痛める。これならば、赤道直下とはいえ標高の高いナイロビにいたほうがいっそ過ごしやすいかもしれない。

かの高地にいる恋人を少しうらやましく思いつつ、缶《かん》ビールをちびちびとやっていた時だった。リビングの電話が鳴り、ぼくはソファから立ち上がった。

「はい——鳴沢《なるさわ》です」

『……水城《みずき》?』

時差にして六時間の距離《きょり》を示すように、わずかに遅《おく》れて届く音声。本来なら共にこの熱帯夜を満喫《まんきつ》しているはずの同居人の、一週間ぶりの電話に胸が高鳴った。

『オレ——悦郎《えつろう》』

一枚フィルターがかかったみたいに遠い声がもどかしく、子機をきつく握り締める。

「元気だったたか?」

『元気元気。ケニア山に登っていたもんだから電話ができなくてごめん。さっきナイロビに戻《もど》ってきたから』

その台詞《せりふ》を受けて、ちらりと壁《かべ》の掛《か》け時計を見上げた。こちらが十一時半ということは、向こうは午後の五時半。そろそろ太陽が沈《しず》む頃だ。一度だけ実物を見たことがある、圧倒的《あっとうてき》な大きさの夕日を思い出しながら尋《たず》ねた。

「いい絵が撮《と》れたか？」

『平地はサバンナからジャングルまでひととおり回ってたけど、山は初めてだったから、シャッター押しまくり。現地ガイドと一緒に山頂部まで登ったんだけど、太陽の光を反射させてキラキラ輝《かがや》く氷河《ひょうが》が、もう息を呑《の》むくらいにきれいでさ』

「そういえば、『ケニア』という国名はキクユ語の『輝く山』――『キリニャガ』から来ているんだったな」

『その名のとおり、やっぱりケニア山はケニアの象徴《しょうちょう》なんだって実感したよ』

悦が東京を発《た》ってそろそろ三週間になる。十月に新創刊するネイチャー雑誌の取材で、ひと月かけてケニア・タンザニアを回るらしい。ちなみに、海外ロケは今年に入ってすでに五度目だ。

三年前――二十八の歳に、悦は入間《いるま》の事務所から独立した。フリーになってからは至って順調で、今や『世界のイルマ』となった師匠《ししょう》の後継者《こうけいしゃ》として、新進気鋭《きえい》の呼び声も高い。特にアフリカを題材にした一連の作品は国内外を問わず評価が高く、今回の『ケニア・タンザニア紀行』も、かねてより悦の写真のファンだったという編集長のたっての希望により実現した企画だった。

『水城にも見せてやりたかったな。オレの背の倍くらいある巨大《きょだい》な高山植物とかさ、とにかくスケールがでかいんだよ』

興奮覚めやらない声音《こわね》に思わず苦笑《くしょう》する。同行したいのは山々だが、こちらもひと月体が空《あ》くほどの余裕《よゆう》はとてもない。

展覧会や美術展などの立ち上がりはどうしても秋に集中する。夏はまさに追い込みの真《ま》っ只《ただ》中《なか》で、現場を統括《とうかつ》するプロデューサーとしては、夏の休暇《きゅうか》どころか土日もない生活を強《し》いられることとなる。最近は外部からの依頼《いらい》も多く、企画《きかく》を二つ三つ掛《か》け持ちで進行するからなおさらだ。

と、ここで、自分以上に多忙《たぼう》な男の存在を思い出した。

「そうだ。来週のパーティの件で入間から連絡《れんらく》があったんだが――天候の関係で日程がずれて、当日ストックフォルムから戻れなくなったそうだ」

『今北欧《ほくおう》なんだ。あの人も相変わらず飛び回ってんなぁ。ほとんど日本にいないんじゃないの』

昨年、悦が上梓《じょうし》した初の写真集『ＭＯＭＯ』が、カメラメーカー主催《しゅさい》のコンクールにおいて、本年度グランプリを受賞した。一週間後の金曜日に、その授賞式及《およ》び祝賀パーティがあるのだ。

『でもかえってよかったかも。なんかオレのためのパーティなんてこっぱずかしいしさ』

本気で恥《は》ずかしそうな声で悦が言った。仕事のつきあいでそういった華《はな》やかな場に顔を出す機会が増えても、苦手意識は変わらないようだ。

「戻ってきたら別口で盛大に祝ってやるって言ってたぞ」

『うわ……なんかそれも恐《こわ》いんですけど』

その後もしばらくとりとめのない会話を続けて、そろそろ——と思った頃《ころ》。不意に回線の向こうの悦が黙《だま》り込んだ。数秒の沈黙《ちんもく》のあと、ぽつりとつぶやく。

『……会いたい』

素直な心情がじわりと胸に沁《し》みて、ほんわり甘い気分になると同時、なぜか泣きたくなった。

だがもちろん、三十七にもなって電話口で取り乱すわけにはいかない。

「来週には会えるだろ？」

自分に言い聞かすように言った。

『まだ一週間もある』

子供みたいな駄々《だだ》をこねる三十一歳の恋人に、口調《くちょう》を改めて告げる。

「とにかく、怪我《けが》や病気に気をつけて、元気に帰ってこい」

悦が長年の夢をかなえたことは嬉《うれ》しいが、やはりアフリカは遠い。悦はフランス語と英語をマスターしているし、すでに十回以上アフリカ大陸に渡《わた》って、全域をほぼ網羅《もうら》しているエキスパートだ。それでも、不安定な世情や治安、自然の脅威《きょうい》を思うと心配の種は尽《つ》きない。何かあった時すぐ側《そば》に行けない距離を思い、時折狂《くる》おしいほどの不安に駆《か》られることがある。

「夜の街をひとりでうろつくなよ。おもしろい写真が撮れそうだからって、あんまり危ない場所に顔を出すな」

『ああ』

小姑《こじゅうと》モードの執拗《しつよう》な念押しに従順に答えてから、悦が名前を呼んでくる。

『水城』

「ん？」

『帰ったらさ、いっぱいエッチしような。一ヶ月分』

甘い囁《ささや》きが耳殻《じかく》に落ちた瞬間《しゅんかん》、下腹のあたりがじんわり熱くなり、あわてた。

「……おまえな、俺をいくつだと思ってるんだ」

『そんな冷たい声出さないでよ。マジでオレ、水城欠乏症《けつぼうしょう》で死にそうなのに』

大らかでいて案外察しのいい恋人が、ぼくの不安をなんとか和《やわ》らげようとしていることはわかっていたけれど。あんまり煽《あお》られるのは……困る。

『ま、とりあえず今日の分のオカズは確保したからいいか』

気を取り直したような声に聞き直した。

「オカズ？」

『水城の声で今夜は抜く』

「おまえ……だんだん入間に似てきたぞ」

とたん、電話口の悦が息を呑む。

『そ、それだけは勘弁《かんべん》…っ』

裏返った悲鳴に、声を出して笑った。

『でも、水城欠乏症なのは本当だぜ。帰ってすぐ補給しないと死んじゃうかも』

「…………」

馬鹿《ばか》。俺のほうが絶対おまえより重症だと言いたいのをぐっと堪《こら》えた。一度でも泣き言を口にしたらきっと止まらない。本当に一日も我慢《がまん》できなくなるから。

『……早く会いたいよ』

「じゃあ……なるべく早く帰ってこい」

素直になれないぼくの精一杯《せいいっぱい》の台詞に、それでも悦はすごく嬉しそうに『うん』と言った。

お休みを言い合い、電話を切る。

その後、ぼくは実に一週間ぶりに、満ち足りた気分で眠《ねむ》りについた。


「せっかくの夏休みなのに、悦ちゃんがいないなんてつまんなーい」

キッチンのシンクに寄りかかりながら、十三歳の姪《めい》っこが今日何度目かのぼやきを零《こぼ》す。肘《ひじ》をシンクに乗せ、頰《ほお》づえをつくその仕種《しぐさ》は、彼女の母親にそっくりだ。

ロケで悦のいない世《せ》田《た》谷《がや》のマンションには、週末ごとにモモが入り浸《びた》っている。

「成績上がったら車で動物園巡《めぐ》りしてくれるって言ってたのに。だから試験がんばったのにぃ」

「来週には戻ってくるからそうむくれるなって。——そこのブラックペッパー取ってくれ」

モモの横にある香辛料《こうしんりょう》の棚《たな》を指さす。

「これ？」

差し出されたミルを受け取り、ロケットやトレビス、エンダイブなどが入ったボールの上で挽《ひ》いた。さらに岩塩を挽き、オリーブオイルとビネガーを加えてざっくりと混ぜる。

「なんのサラダ？」

「シーザー・サラダ」

「わーい、モモ大好き！　パルミジャーノ削《けず》るの手伝うね」

早速《さっそく》冷蔵庫の中からチーズを取り出す姪にぼくは釘《くぎ》を刺《さ》した。

「間違《まちが》って手を削るなよ」

ぼくの横に立ち、真剣《しんけん》な面《おも》持ちでチーズの塊《かたまり》と格闘《かくとう》するモモの肩《かた》は、ちょうどぼくの胸あたり。中一にして、すでに祖母の身長を抜《ぬ》いてしまっている。半袖《はんそで》Tシャツから覗《のぞ》く、すんなり細い褐色《かっしょく》の腕《うで》。日本人離《ばな》れした腰《こし》位置。ジーンズの脚は驚異《きょうい》的に長い。大きな瞳《ひとみ》を縁取《ふちど》る天然カールのまつげ。ちょっと上向き気味の鼻に、ぽっちゃりとピンクの唇《くちびる》。くるくるの巻き毛は、頭の高い位置でひとつにまとめられている。

いわゆるハーフの中でも、うちのモモは父親と母親のいいとこ取りで生まれてきたと思うのは、身贔屓《みびいき》がすぎるだろうか。

いや、あながち叔父《おじ》馬鹿とも言えない。

昨年——撮《と》り溜めたモモの成長の記録をまとめた悦の初写真集『MOMO』が発行されるやいなや、複数のモデル・プロダクションからスカウトが殺到《さっとう》したからだ。しかし本人は芸能活動にまるで興味が持てないらしく、あっさり全部断ってしまった。彼女の夢は幼少のみぎりから変わらず、動物学者になることなのだ。

「モモ今日、泊《と》まってってもいい？」

シーザー・サラダとジェノベーゼ風パスタの夕食を済ませたあと、食後のカプチーノをすすりながらモモが言い出した。

「いいけど、お祖母ちゃんは？」

去年の夏から母親の風子《ふうこ》がロンドンへ移り住んでしまったので、モモは現在祖母とふたり暮らしだ。翻訳家兼《ほんやくかけん》エッセイストとして女性誌に連載《れんさい》を持つ風子は、渡英に際して娘を連れていくことも考えたようだが、話し合いの末にモモ自身が残ることを決めた。おそらく、大好きな祖母をひとりで置いていけなかったんだろう。

「グランマは夜勤」

母は定年後も非常勤で看護師を続けている。数年前にホスピスに移り、心なしか以前より仕事に生き甲斐《がい》を感じているようだ。

モモが風呂《ふろ》を使っている間に、寝室《しんしつ》のベッドの下に蒲団《ふとん》を敷《し》いた。入れ替わりでシャワーを浴びる。今日はモモがいるから寝酒《ねざけ》はナシと決め、早々にベッドに入った。横になって読みかけの文庫本を捲《めく》っていると、蒲団に寝ていたモモが不意にむくっと立ち上がった。

「水城ちゃん、そっち行ってもいい？」

返事をする間もなく、枕《まくら》を抱《かか》えてぼくの隣《とな》りに潜《もぐ》り込んでくる。いつもは悦と寝ているベッドだから充分に広いが——背丈《せたけ》は伸びても、こんなところはまだまだ子供だ。思わず苦笑《くしょう》が漏《も》れた。

本を閉じて部屋の電気を絞《しぼ》っても、横のモモは時折ため息を吐《つ》いたり、モゾモゾ動いたりと落ち着きがない。どうやら寝つけないらしい彼女に話しかけた。

「暑いか？　クーラーかけるか？」

「ううん。大丈夫」

シーツの上の巻き毛を見つめてしばらくためらってから、胸の中の疑問を口にする。

「モモ——アランとはうまくいってるか？」

アランというのは風子の新しい恋人《こいびと》だ。ピカデリーで超《ちょう》人気のベーカリーショップを経営している四十歳。出会ってすぐに意気投合して、今は一緒に暮らしているらしい。

「うん、しょっちゅう電話がくる。すごくいい人だよ。アランもバツイチで男の子がいるんだって。十五歳でパブリックスクールに通ってて、サッカーやってるって」

「そうか」

アランの話を持ち出したのには理由がある。ここひと月ほど、モモの様子が少しおかしいように感じていたのだ。ものすごく変というわけではないが、天真爛漫《てんしんらんまん》だった以前の彼女とは微《び》妙《みょう》に違う。十三歳といえば、些細《ささい》なことにも傷つく年頃だ。突然《とつぜん》の母親の渡英に恋人出現のダブルパンチは、思春期の娘にはけっこうショックが大きいのではないかと案じていたのだが。

「あのふたり、もうこっちがやんなっちゃうくらいラブラブなの。多分ママはアランと結婚《けっこん》するんじゃないかなー」

さばさばとした口調に拍子《ひょうし》抜けした。では母親のことが原因ではないのか。そう思った時だった。

「ねぇ……人の気持ちって変わっちゃうのかな」

憂《うれ》いを帯びた声音《こわね》に、ぼくはモモの顔を改めて見た。オレンジ色の薄明《うすあ》かりの中、つぶらな瞳がまっすぐこちらを見ている。

「そうだな」

どこか思い詰《つ》めたようなナイーブな顔つきを見返しつつ、慎重《しんちょう》に言葉を紡《つむ》ぐ。

「たしかにずっと同じでいるのは難しいけど……でも、変わらない気持ちだってあるよ」

「水城ちゃんと悦ちゃんみたいに？」

間髪《かんはつ》を容《い》れずに切り返され、目を見開いた。

「ふたりはずっと一緒？　これからもずっと変わらない？」

さらに畳《たた》みかけられる。そのあまりに真剣な表情に戸惑《とまど》っているうちに、モモが途切《とぎ》れ途切れの声をぼそぼそと落とした。

「もし……もしさ、あたしが悦ちゃんのこと、欲しいって言ったら……水城ちゃん、どうする？」

意味がわからず眉根《まゆね》を寄せた瞬間、不意に思い出す。モモの初恋の相手が悦であることを。動物学者になりたいという彼女の夢に、多大な影響を与えたのが『大好きな悦ちゃん』であることを。

ぼくと悦はモモにも関係を隠《かく》さなかったから、物心がつくにつれ、いつしか少しずつ理解して――とうに諦《あきら》めたのだと思っていたけれど。まさか今でも？

目に入れても痛くないほど愛《いと》しい姪を、呆然《ぼうぜん》と見つめた。

（そうだったのか？）

衝撃《しょうげき》で頭が白くなるという感覚をひさびさに味わう。フリーズ状態のまま、気がつくとぼくは震《ふる》える声でつぶやいていた。

「……やらない」

「水城ちゃん？」

上体を起こすモモの横で、頑是《がんぜ》無い子供のように首を振《ふ》る。相手が十三歳の子供だということも、この時のぼくの頭からはすっかり消えていた。

「おまえが望むならなんでもやる。必要なら体の一部だって……でも、あいつだけは駄目《だめ》だ」

「……水城ちゃん」

「あいつだけは……たとえおまえが相手でも……渡《わた》せない」

大人げない主張を黙《だま》って聞いていたモモが、突然ふふっと笑う。

「よかった！　やっぱりふたりはずっとずっと一緒なんだ」

「……モモ？」

「ごめんね。水城ちゃんの気持ち、試すみたいなこと言って」

両手を合わせるモモの顔を見て、どうやら早合点《はやがてん》だったと覚《さと》る。

「馬鹿。脅《おど》かすなよ。……寿命《じゅみょう》が縮まった」

枕に突《つ》っ伏《ぷ》して脱力《だつりょく》していると、モモが仰向《あおむ》きでパフッとベッドに倒《たお》れ込んだ。

「あのね……あたし、クラスのコにつきあって欲しいって言われてて」

天井《てんじょう》を見上げて言葉を継《つ》ぐ横顔はほんのり赤らんでいた。

「金持ちのお坊ちゃんで校内にファンクラブとかもあるやつで、全然好みじゃなかったのに……うるさくつきまとわれているうちになんだかだんだん……」

「好きになってきたんだ？」

こくりとうなずく。

「あんなに悦ちゃんが好きだったのに……ちょっと顔がいいからって心変わりしちゃう自分が許せなかった。ママもすっかりアランに夢中だし、結局みんな側《そば》にいる相手に気持ちが移っていっちゃうのかなって。でもそれなら……今は好きでも、また別の人に気持ちが移っちゃう可能性だってあるじゃない？」

恋のときめきと少女らしい潔癖《けっぺき》さとが複雑にせめぎ合う表情を見て、ぼくは気を引き締めた。ここにいるのはもう、ただ無邪気《むじゃき》なだけの子供ではないのだ。ひとりの人間として対等に向き合い、きちんと真剣に答えてやらなければならない。

「気持ちが変わることが必要なこともあるんだよ。たとえば、どんなにがんばっても報われない恋をしてしまった時とか、不幸にも相手が亡《な》くなってしまった場合とか……振り向いてくれない相手や、もう二度と会えない相手を思い続けて心を閉ざしていても苦しいだけだろう？」

「うん」

「それよりいろんな人と知り合って、たくさん恋をしたほうがいい。人をいっぱい好きになるのは恥《は》ずかしいことでも悪いことでもないよ。もし仮に次々と気持ちが変わったとしても、最終的に本物の番《つがい》の相手に巡《めぐ》り合えればいいんだから。――それに、彼はハンサムなだけじゃないんだろ？」

「……うん。そのコも動物が好きなの。大好きな犬を何匹《なんびき》も飼ってて」

「よかったな。気の合うボーイフレンドができて」

モモが少しくすぐったそうに笑った。

「でもまだ返事してないんだ」

「新学期が始まったらちゃんと気持ちを伝えてやれよ」

素直にうなずく姪《めい》を思わずじっと見つめる。その成長が嬉《うれ》しいような寂《さび》しいような……微妙な気分でいると、小首を傾《かし》げられた。

「なぁに？」

「いや――もうおまえと恋の話ができるようになったんだなぁと思って」

感慨《かんがい》深げなつぶやきに、「やだー、なんかおじさんみたいだよ」と返される。

「……言ったな、禁句を」

「うそうそ全然変わってないっ。うらやましいくらいに今もきれいだって！　きゃー、やめて！　く、くすぐったいってばーッ」

ベッドの上を散々に転げまわったあと、笑い疲《つか》れたみたいにぐったり伏して、モモが囁《ささや》いた。

「でもさー、たったひとりの運命の相手にいきなり出会っちゃうこともあるんだよね。――水城ちゃんと悦ちゃんみたいに」

翌金曜の夕方――スーツのぼくと黒いノースリーブワンピを着たモモは、新宿《しんじゅく》のホテルのロビーにいた。

第二十八回国際フォトコンテストの授賞式が、六時からこのホテルのボールルームで執《と》り行われるのだ。

「鳴沢くん！」

懐《なつ》かしい声に振り向くと、小さな男の子の手を引いた尾崎佳子《おざきけいこ》さんの姿が見えた。

「おひさしぶりー。きゃー、モモちゃんも！　ちょっと見ないうちにすっごい美人になっちゃって！　ほらユウキ、水城おじちゃんとモモお姉ちゃんに挨拶《あいさつ》しなさい」

母親に促《うなが》され、蝶《ちょう》ネクタイをした佳子さんの愛息がちょこんとお辞儀《じぎ》をする。

「かわいー。おいくつなんですか？」

身を屈《かが》めて子供と目線を合わせたモモの質問に、佳子さんが微笑《ほほえ》んだ。

「先月三歳になったの」

さっそく仲良く遊び始めたふたりをしばらく眺《なが》めて、どこか遠い目でつぶやく。

「なんか思い出しちゃうわ。初めてモモちゃんに会った時、まだほんの子供で、今のユウキと同じくらいだったのよね」

同様に、いつかのパーティのシーンを思い出していたぼくも相槌《あいづち》を打った。

「時の流れを感じますよね。——大体、退社した時お腹の中にいた赤ん坊がもう三歳だもんな」

五年前、年下のデザイナーと結婚した佳子さんは、妊娠《にんしん》しても臨月ぎりぎりまで働いていた。出産後は会社を辞めて育児に専念しているが、専業主婦になった今でも相変わらずおしゃれで、そろそろ四十の大台に乗るとはとても見えない。

「でも本当にひさしぶりね。噂《うわさ》はいろいろ小耳にはさんでいたけど」

ぼくに向き直った佳子さんが、改めてといった感じで視線を向けてきた。

「なんですか？　噂って」

「エグゼクティブ・プロデューサーとして、今やすっかり組織を仕切ってるらしいじゃない」

「そんなことないですよ」

「またまた謙遜《けんそん》しちゃって。見たわよ、コマフォトの特集『ベスト・オブ・プロデュース』。巻頭インタビュー写真入り。一緒の号に悦くんの受賞記事は載《の》ってるし。相変わらず仲がおよろしいこと」

うりうりと肘《ひじ》でこづかれ、顔が熱くなる。

「あ、あれは……絶対写真は嫌《いや》だって何度も断ったんですけど、どうしてもって編集長に頼み込まれて」

「あーら。ムカックくらいきれいに写ってたわよ？　思わず電話して美貌《びぼう》を保つ秘訣《ひけつ》を訊《き》こうかと思っちゃったくらい。何かしらぁ？　やっぱり溢《あふ》れんばかりのラブかしら？」

「秘訣なんてありませんってば。もう勘弁《かんべん》してくださいよー」

ひさびさにぼくをいじめて気が済んだのか、満足げなエビス顔で佳子さんが周囲を見回した。

「それにしてもすごい人ね。何げにオヤジ率が高い気がするけど」

たしかに彼女の指摘《してき》どおり、ロビーで談笑《だんしょう》しているパーティ客と思しきメンバーは、総じて中年以上の男性が多かった。ぼくでも顔を見知っている写真界の重鎮《じゅうちん》に交ざって、いかにも企《き》業《ぎょう》の重役といった趣《おもむき》のスーツ姿も見える。

「実は今回のコンクール、写真集の版元の出版社が応募《おうぼ》したんですよ。だからそっち関係のお偉《えら》いさんも多くて」

「悦くん、自分から出品とかしそうにないもんね。実力は充分なんだから、もう少し積極的に売り込んでもいいような気もするけど。ところで肝心《かんじん》の主役は？」

「三十分くらい前に携帯《けいたい》に連絡《れんらく》があって、今、成田《なりた》からこちらへ向かっているところだそうです」

ぼくの返答に佳子さんが目を見開く。

「え？　じゃあまだホテルに着いてないの？」

「機体の不備かなんかで、ナイロビからの出発が遅《おく》れたみたいなんですよ」

「そうなんだ。間に合うのかしら」

心配そうな顔がエントランス方向を向いた、それは直後だった。「あっ」と叫《さけ》んだ佳子さんがぼくの肩越《かたご》しに指をさす。

「来た！」

「――――！」

反射的に顧《かえり》みた視線の先――ガラスの回転扉《とびら》から走り込んでくる大柄《おおがら》な男。カーキのTシャツにワークパンツ、広い肩にはでかいカメラバッグ。今まさにアフリカから帰着したばかりといった感じの……。

(悦！)

ロビーの人を掻《か》き分け、誰《だれ》かを探すみたいにきょろきょろと視線を巡《めぐ》らせている姿を見ても、なぜかとっさに声が出なかった。

「悦くん、こっち！」

ぼくの代わりに佳子さんが手を振ってくれて、悦がこちらに気がつく。

長い脚を駆《か》って長身が近づいてくるにつれ、心臓がドキドキと脈打ち始めた。だんだんとディテールがはっきりとしてくる。ついにぼくらのすぐ前まで辿《たど》り着いた悦が、ふぅと息を吐《つ》い

た。とたん、ふわりと風を感じる。──彼が纏《まと》ってきたアフリカの風。

「ごめん。待たせて」

目尻《めじり》にわずかにしわを寄せて、浅黒い貌《かお》が微笑《ほほえ》んだ。

眩《まぶ》しい笑顔に、思わず目を細める。

くっきりと太い眉《まゆ》の下の、はっきりとした二重の双眸《そうぼう》。高い鼻梁《びりょう》にやや肉惑的な唇《くちびる》。癖《くせ》っ毛の髪《かみ》は相変わらずライオンの鬣《たてがみ》みたいに跳《は》ねているけれど、顎《あご》のまばらな不精髭《ぶしょうひげ》のためか、なんだかびっくりするほど男っぽく、精悍《せいかん》に見える。

「……悦」

胸をじわじわと浸食《しんしょく》する歓喜《かんき》のまま、その名を小さくつぶやいた。

「水城」

熱っぽい瞳《ひとみ》が見つめ、少し大きめの唇がぼくの名を刻む。それだけで、ただでさえ不規則な鼓動《こどう》が爆発《ばくはつ》しそうに高鳴った。

(……どうかしてる)

ひと月のブランクのせいだろうか。なんだか気恥《きは》ずかしくて、顔がまともに合わせられない。

「空港をダッシュで駆け抜《ぬ》けて高速ぶっ飛ばしてきたんだけど。──あ、佳子さん、ご無沙汰《ぶさた》してます」

「本当にご無沙汰! グランプリ受賞おめでとう。これで一流の仲間入りだね」

「そんなことないっすよー。まだまだヒヨッコです」

「やーん、謙虚《けんきょ》。その上オトコマエなんて反則よ。昔はやんちゃ坊主《ぼうず》って感じだったけど、今やすっかり大人の男って感じでドキドキしちゃう！」

乙女《おとめ》のように頰《ほお》を染めた佳子さんが、バシッと勢いよく悦の肩を叩《たた》いた時、背後からバタバタと複数の足音が近づいてきた。

「及川《おいかわ》さん！」

胸にスタッフ証をつけた男たちが三人、足を止めるやいなや悦をぐるっと取り囲む。

「急いで着替《きが》えをお願いします」

「授賞式が五十分後ですから！」

「その前に記者会見が五時三十分からです」

口々に言うなり、問答無用といった感じで悦からバッグを奪《うば》い取る。

「悦くんっ？」

「ごめん……佳子さん、水城、またあとで！」

おかえりを口にする暇《いとま》もない。殺気だった彼らに連れ去られていく悦を、ぼくはなかば呆然《ぼうぜん》と見送るしかなかった。

悦はあとでと言ったが、結局その後も顔を合わせる機会のないまま一時間が過ぎた。

午後六時、ホテル最上階のボールルームにて、授賞式が始まる。ぼくたちは会場の左端《ひだりはし》の席に横並びに座っていた。国際コンテストなので、受賞者の国籍《こくせき》も人種もバラエティに富んでいる。それぞれの賞の発表と賞状の受け取りがつつがなく済んで最後、審査委員長の口からグランプリ受賞者の名が告げられた。

「第二十八回国際フォトコンテスト、栄《は》えあるグランプリは、厳正なる審査の結果、満票にて、写真集『MOMO』と、撮影者《さつえい》である及川悦郎氏に授与されます」

スポットライトの当たった壇上《だんじょう》の中央に、少し照れた表情の悦が歩み出る。賞状を受け取る際、ものすごい数のフラッシュが焚《た》かれた。眩《まぶ》しそうに眼《め》を細める恋人《こいびと》を、誇《ほこ》らしいような面《おも》はゆいような、不思議な心持ちでぼくは見上げた。

舞台映《ぶたいば》えする長身。髭《ひげ》を剃《そ》ったらしい顔はすっきりと整い、めったに着ないスーツも様になっている。もともと筋肉質で肩幅《かたはば》も充分にあったのだが、カメラマン助手時代にさらに鍛《きた》えられたせいか、ダークスーツを着てもまったく見劣《みおと》りしない。二十代にはいくらか残っていた稚《ち》気《き》もいつしか褐色《かっしょく》の肌《はだ》に隠《かく》れ、わずかに野性味を帯びたそのルックスは、どこに出しても恥ずかしくない男前だ。

そう思うのは恋人の欲目だろうか――こっそり訝《いぶか》しんでいると、隣席《りんせき》のモモが興奮した面持ちで囁《ささや》いてきた。

「悦ちゃん、めっちゃカッコイイね」

くすぐったい気分は、壇上の悦がマイクを握《にぎ》るのを見た瞬間《しゅんかん》に吹《ふ》き飛ぶ。実はこれがあると知った時から、ひそかに胸が痛かった。小学校から一貫《いっかん》して人の前に立つタイプじゃなかった悦は、晴れ舞台とは無縁《むえん》な人生を送ってきた。従ってスピーチも初体験。

（——頼む）

緊張《きんちょう》で冷たくなった手を思わずぐっと握《にぎ》る。どんなに短くてもいいから、せめて粗相《そそう》のないよう無難に終わらせてくれ……。

「このような大きな賞をいただいて、非常に恐縮《きょうしゅく》しております。まずはこの写真集に関わってくれたスタッフ全員にお礼を言いたいと思います。きみたちがいなかったら『ＭＯＭＯ』は生まれなかった。ありがとう」

ぼくの心配は、しかしまったくの杞憂《きゆう》だった。たくさんの人——しかも写真界の重鎮《じゅうちん》や企業の重役を前にして、臆《おく》することなく、悦は素直な気持ちを語っている。

「そしてモデルになってくれた、ぼくのかわいい妹に最大限の感謝を。これは彼女の成長の記録です。モモを撮《と》ることは、ぼくにとってもはや生活の一部であり、野生の動物を追うことと同意義の、大切なライフワークです。今後もおそらく一生、撮り続けていくと思います」

会場の視線が一斉《いっせい》に集中し、モモが恥ずかしそうに顔を伏《ふ》せる。

「最後に——ぼくを支え、時に叱《しか》り、常に進むべき途《みち》を示してくれた本作のプロデューサーに心からの感謝を捧《ささ》げます。ありがとう、水城」

突然《とつぜん》名前を呼ばれて、はっと顔を上げた刹那《せつな》、悦と目が合った。まっすぐ自分を見つめる眼差《まな ざ》しに、ぐっと胸が熱くなる。それでもまだ、ぼくの指先はうっすら痺《しび》れたままだった。

（……悦）

大舞台に少しも呑《の》まれず、きちんと『自分の言葉』でスピーチをこなす恋人を頼もしく思うと同時に、なんだか見知らぬ人間のように遠く感じる。

そこに立つのは、もう誰《だれ》の助けも必要としないほどに成熟したひとりの男だった。信念を持って夢に挑《いど》み、その夢をかなえ、社会的評価さえも手に入れた——大人の男。

「今後もぼくなりのスタンスで、この賞に恥じない作品を撮り続けていきたいと思っています。本当にありがとうございました」

スピーチが終わると割れるような拍手《はくしゅ》が起こり、花束を持った十人ほどの女性が悦の足許《あしもと》へ駆けつける。若い女の子のファンが増えたのは、やはり賞を取り、様々なメディアで取り上げられることが多くなってからだ。

「ほら、行っておいで」

彼女たちの勢いに呑まれて逡巡《しゅんじゅん》している隣《とな》りの肩をそっと叩《たた》く。小さなブーケを持ったモモが、悦に向かって駆け出した。

モモからブーケを受け取った悦が、遠目にもわかるくらいに破顔する。

引き続き、求めに応じて律儀《りちぎ》にファンの女性と握手《あくしゅ》をする悦からつと目を逸《そ》らし、ぼくは席を立った。トイレに行く素振りで会場をあとにする。

祝賀パーティが始まっても主役は遠かった。

スタッフに囲まれた悦のもとには、入れ替《か》わり立ち替わり誰かが挨拶《あいさつ》に訪れていて、近寄る隙《すき》もない。仕方なく、ぼくは顔見知りの招待客と世間話をしたりして時間を潰した。

しかしそれもそう長くは保《も》たない。さすがは一流ホテルだけあって立食ながらも料理は豪華《ごうか》で、佳子さんやモモは精力的に制覇《せいは》していたが、彼女たちの皿を見ても不思議と食欲は湧《わ》かなかった。こんな時こそ間が持つ煙草《たばこ》も数年前にやめている。手持ち無沙汰なあまり、シャンパンを立て続けに二杯《にはい》流し込む。空きっ腹に入れたせいか、たちまちアルコールが回り、鼓動が乱れ始めた。

不穏《ふおん》なざわめきは、けれどアルコールの仕業《しわざ》だけではなかった。その証拠《しょうこ》に、ここしばらくずっと胸の奥がざわざわとして落ち着かない。……胸騒《むなさわ》ぎの元凶《げんきょう》はわかっている。不安なのだ。悦が自分からどんどん離《はな》れていってしまう気がして。

恋人の成功を誰より誇らしく思いつつも、一抹《いちまつ》の寂《さび》しさを拭《ぬぐ》いきれない。

本当は――アフリカへ発《た》つ悦を送り出すたび、行かないでくれと今にも叫《さけ》び出しそうな自分と闘《たたか》ってきた。

これから大きく羽ばたこうとしている恋人の、足を引っ張るまねだけはしてはいけない――そう強く思う気持ちとは裏腹に、どうしようもなく不安で。離れて暮らす日々が寂しくて……。

どんどんだるくなる体を持て余し、ぼくは熱っぽい息を吐いた。

この調子だとパーティのあとも二次会・三次会と続きそうだし、ここにいてもなんだかナーバスになるばかりだ。先に引き上げようかと思った時。

背後にふっと人の気配を感じた。不意に腕《うで》を摑《つか》まれ、びくっと肩が震《ふる》える。

「水城」

耳許に低い声。顧《かえり》みた視線の先に、陽《ひ》に灼《や》けた精悍《せいかん》な貌《かお》があった。

「え…っ?」

ぼくを見つめる瞳《ひとみ》が、いたずらっぽく輝《かがや》く。

「出るよ」

「え?」

意味がわからずぼんやり聞き返すぼくの腕を摑んだまま、悦が佳子さんとモモに言った。

「オレたち先に出るから、水城の荷物とか頼んでいいかな」

「出るって……主役が何言って…」

抗議《こうぎ》の声を搔《か》き消すように、デザート皿を手に持ったふたりが明るく応える。

「はーい、あとは任せて。がんばってね!」

「悦ちゃん、カッコイイ！」

声援《せいえん》にニッと笑うと、悦はぼくの腕を強引《ごういん》に引いた。客を掻き分け、スタッフの目を盗《ぬす》むようにして会場を抜《ぬ》け出す。ちょうど口を開けていたエレベーターに飛び込んだ。先客の陰《かげ》に隠《かく》れて、悦がぼくの手を握《にぎ》る。……顔が熱い。手のひらの熱にぼーっとしているうちに一階に着いた。

足早にエントランスロビーを抜けてホテルの外へ出た。手を繋《つな》ぎ、夜の新宿を全速力で駆け抜ける。人気《ひとけ》のない町公園まで辿《たど》り着いて、ようやく足を止めた。

「息が……苦しい」

こんなに走ったのはいつぶりだろう。膝《ひざ》に手を置き、乱れた呼吸を整えるぼくとは対象的に、悦はすぐさま大きく伸びをした。

「あー、肩凝《こ》ったぁ」

「おまえ……いいのか、こんなことして」

街灯の下で、早速シルクのネクタイのノットを緩《ゆる》める横顔に尋《たず》ねる。

「いいんだよ」

こちらを顧みて、悦はスーツの肩をすくめた。

「挨拶は全部済ませて義理は果たしたし。つか、もう限界。マサイマラからいきなり東京のパーティ会場はギャップが激しすぎ」

大仰《おおぎょう》に顔をしかめてつぶやく。

「一ヶ月ぶりに会った水城ともろくに話もできねーし」

低音のぼやきに、ぼくはゆるゆると俯《うつむ》いた。

「馬鹿《ばか》……俺なんか別に」

「──別に？」

革靴《かわぐつ》で砂利《じゃり》を踏《ふ》む音が近づいてきて、ぼくのすぐ前で止まる。

「水城はオレと話、したくなかった？」

「…………」

喉《のど》に何かが詰まっているみたいに声が出ない。だから黙《だま》って首を振《ふ》った。すると少し甘い声で囁《ささや》かれる。

「キスしたくなかった？」

「…………っ」

両肩を掴まれる衝撃《しょうげき》に顔を振り上げた瞬間《しゅんかん》、熱っぽい感触《かんしょく》が唇《くちびる》に触《ふ》れた。

「悦っ」

人気がないとはいえ、公園の真ん中でキスされたことに驚《おどろ》いて声が出る。だけど悦はまるで動じずに、そのままぼくを引き寄せると、ぎゅっと抱《だ》き締《し》めてきた。

広くて硬《かた》い胸に包み込まれたとたん、鼻孔《びこう》をつく──日向《ひなた》の匂《にお》い。アフリカの香《かお》り。

（……ああ）

帰ってきたんだ。本当に。

ひたひたと込み上げる実感。

体がしなるくらいきつく抱き締められ、淀《よど》んでいた感情がどっと流れ出す。体内を駆《か》け巡《めぐ》る歓喜《かんき》に、人に見られる懸念《けねん》も胸の奥の不安も押し流されて……。

「ただいま」

首筋に落ちる愛しい声。

ぼくは震える手をそっと、太陽の匂いのする恋人の背に回した。悦の熱い体から伝わるたしかな鼓動《こどう》ごと、抱き返して囁く。

「……おかえり」


ふたりで暮らす世田谷のマンションに戻《もど》るタクシーの中で、ぼくらはずっと手を繋《つな》いでいた。お互《たが》いの汗《あせ》で手のひらが湿《しめ》っても、恋人《こいびと》はぼくの手を離さなかった。

「ただいまー」

一ヶ月ぶりに2LDKの自宅に上がった悦が、リビングに入るなり大きく息を吐《は》く。

「あー、やっぱ我が家はいいな……ほっとする」

ここに越《こ》してきたのは約一年前。築年数はかなり経《た》っているが、そのぶん造りが堅牢《けんろう》で天井《てんじょう》が高く、日当たりがいいのも気に入って、購入《こうにゅう》に踏《ふ》みきった。

共同オーナーの悦は、写真以外のことにはあまりこだわらないので、内装を含めてインテリア全般はぼくの趣味《しゅみ》でセレクトしてある。友人のインテリアデザイナーに図面を引いてもらい、キッチンをオープン仕様に改装し直して、リビングの壁《かべ》一面に書棚《しょだな》を作った。カーテンなどのファブリック類はクリーム色で統一し、壁やカーペットはベージュ。際立《きわだ》つ色といったら観葉植物のグリーンくらいだ。点在する悦の写真を邪魔《じゃま》しないよう、なるべく色味を抑《おさ》えた結果だった。

「しっかしハードスケジュールだったな」

ジャケットを脱《ぬ》ぎ、ぐいっとネクタイを引き抜《ぬ》いた悦が、さすがに疲《つか》れの滲《にじ》む声でつぶやく。それも当然だろう。途中《とちゅう》のトランジットを含《ふく》めた二十時間近いフライトのあと、すぐに息つく間もなく高速を飛ばして、とどめは授賞式とパーティだ。

「どうする？　まず風呂《ふろ》を使うか？」

悦が脱いだジャケットとネクタイを手に、ぼくは訊《き》いた。

「んー」

腕時計を外しながら、悦は壁にかかる自分の写真を眺《なが》めている。

夕日の朱《しゅ》に沈《しず》む地平線。低木に寄りかかるぼくがシルエットになっている作品だ。初めて一緒にアフリカを旅した時の――。なぜか悦はこれがお気に入りで、リビングの一番目立つ場所に配置していた。

「それとも何か軽食でも作ろうか？」

「とりあえず先に風呂かな。ずっとシャワーだったから熱い湯に浸《つ》かりたい」

「わかった。お湯が溜まるまでテレビでも見てろよ。ひさびさの日本で浦島《うらしま》気分を存分に味わえ」

「向こうでもネットでニュースはチェックしてたから、そんなに情報には遅《おく》れてないぜ」

布張りのソファに沈み込んだ悦が、それでも従順にリモコンを摑むのを見て、リビングを出た。

廊下《ろうか》の中程《なかほど》にあるバスルームに入り、カランを捻《ひね》る。湯加減を調節してから、寝室《しんしつ》へ向かった。クローゼットの前でスーツの上着を脱ぎ、とりあえずベッドの上に置いた。先に悦のジャケットを仕舞《しま》おうとして、ポケットの中の携帯《けいたい》に気がつく。取り出した携帯はマナーモードになっていたが、着信ランプが点滅《てんめつ》していた。

「おい、携帯にメッセージが入ってるぞ」

リビングに戻り、クッションを抱《かか》えてテレビを見ていた恋人に差し出す。腕《うで》を伸ばして受け取った悦が、携帯を開いて耳に当てた。しばらくその姿勢でいたが、メッセージが終わったのか、片手でパタンと折り畳《たた》む。

「誰《だれ》からだった？」

「コンクールのスタッフと、あと仕事の依頼《いらい》が一件」

主役がいないことに気がついたスタッフが、泡を食って電話してきたのだろう。

「なんだって？」

大変なことになっているのではないかと不安になって確かめると、なんでもないようにさらっと流される。

「賞状から車まで一切合切《がっさい》置いてきちゃったから、明日にでも取りにこいってさ」

「……返信しなくていいのか？」

ボタンを押して電源を切ってしまった悦に思わず訊《き》いた。

「いーの。スタッフにはどーせ明日また会うし」

ぼくを心配させないようにという気遣いからか、笑顔で答える。

「小言を聞くのは明日。今日はもう店仕舞い。部屋に入ったら、ここからはプライベートタイム」

歌うように言いながらぼくの手を不意に摑《つか》む。

「悦？……おいっ」

虚《きょ》を衝《つ》かれてバランスを崩《くず》したぼくは、悦の胸に前のめりに倒《たお》れ込んだ。体勢を立て直す間もなく腰《こし》に手が回ってきて、さらにぐっと引き寄せられる。

「こら、ふざけてないで……放せって」

抗《あらが》っても強い腕からは抜け出せず、結局、ぼくは悦の膝《ひざ》に股《また》がるような格好になってしまった。こんな格好で向き合うなんて、なんだか気恥《きは》ずかしくて、とっさに目を逸《そ》らす。だけど悦は逃《に》げるぼくを許さなかった。顔を覗《のぞ》き込むようにして視線を合わせてくる。

「水城、オレを見て」

低い声の命令に、渋々《しぶしぶ》と目線を戻した。褐色《かっしょく》の顔に笑顔《えがお》はなく、先程とは一転して真摯《しんし》な双《そう》眸《ぼう》が、ぼくをまっすぐ見据《みす》えている。

「オレ、なんか今回……向こうにひとりでいることが応《こた》えてさ。大好きなアフリカにいて、ひと月をこんなに長く感じたの、初めてだった」

「…………」

自分と同じように恋人が感じていたことに驚《おどろ》いて、ぼくは目を見張った。

「水城に会いたくて抱き締めたくて……気が狂《くる》いそうだった。ホームシックにかかったガキみたいに、ひとり枕《まくら》抱えて悶々《もんもん》として」

孤独《こどく》な夜を思い出したように、青みがかった瞳《ひとみ》が切なく細まる。

「ひょっとしたら、出かける前の補給が充分じゃなかったのかもな。ずっとロケ続きで、水城ともろくな会話もないままバタバタと出かけちゃったから」

悦の右手がすっと伸びてきて、ぼくの髪《かみ》に触《ふ》れた。大きな手のひらが、うっとりするくらいやさしくうなじを撫《な》でる。

「それで——水城と離《はな》れている間、自分を慰《なぐさ》めるために向こうでずっと考えてたんだ」

首筋に手を当てたまま、ゆっくりと引き寄せられた。胸と胸が合わさり、吐息《といき》が耳にかかる。

「今度帰ったら、いっぱいエッチする。水城が泣いちゃうくらいいたくさん」

甘い声で囁《ささや》かれた刹那《せつな》、下腹がズクッと鈍《にぶ》く疼《うず》いた。

言葉だけで煽《あお》られる自分が不甲斐《ふがい》なく……密着した悦に覚《さと》られないかと不安になる。

「今までしたことないような、うーんと恥ずかしいこともいっぱいしようって」

ただでさえ状況《じょうきょう》的に充分恥ずかしいのに、さらに恥ずかしい言葉の羅列《られつ》に、いよいよ羞恥《しゅうち》が募《つの》って……。

「は…ずかしいこと？」

裏返った声でおそるおそる問い返すと、こっくりうなずかれる。

「そう。まずは手始めに」

言うなり、悦は膝の上のぼくを横倒しにした。その体勢のままふわりと体が浮《う》いて、気がつくとぼくは恋人の腕に軽がると抱き上げられていた。

「…な、な、何!?」

「お姫《ひめ》様抱っこ」

にっこり微笑《ほほえ》んだ悦から答えが返る。カッと顔が紅潮したのが自分でもわかった。

い、いい年して何が『お姫様抱っこ』だ！

(大体誰が姫だ⁉)

「降ろせーっ」

わめくと同時に上半身がぐらりと揺《ゆ》らぎ、あわてて首筋にしがみつく。

「はいはい、暴れない。ちゃんと首に手を回しててよ」

子供を相手にするみたいにぼくをあやしつつ、百七十八センチの男を抱きかかえた悦は、揺るぎない足取りでリビングを横切った。さらに廊下を数メートル進み、脱衣所《だついじょ》の手前で足を止める。ぼくをその細長い三畳《さんじょう》ほどのスペースにそっと降ろし、自分はバスルームに足を踏《ふ》み入れた。キュッとカランを締《し》める音がして、水音が途絶《とだ》える。

「まだ少し湯が足りないけど、ふたりで入ればちょうどいい」

浴室から戻《もど》ってきた悦が、呆然《ぼうぜん》と立ち尽《つ》くすぼくに明るく言う。

「ふたり…で？」

「一緒に入ろうぜ」

怒濤《どとう》の波状攻撃《こうげき》に頭の芯《しん》がクラクラした。一体どうしたんだ、こいつは。ケニア山で頭でも打ったんじゃないのか？

「そ……そ、む、無理」

顔を引きつらせ、ぶんぶんと首を振った。そりゃ子供の頃《ころ》はよく一緒に入って、悦の髪を洗ってやったけれど……。

「大丈夫。うちのは普通より広いから」

「そういう問題じゃない！」

逃《に》げようとした肩《かた》を摑まれ、脱衣所の壁《かべ》に背中を押しつけられる。すぐに悦の唇《くちびる》が覆《おお》い被《かぶ》さってきた。

「……んっ」

喘《あえ》いだ隙《すき》に唇を割られ、するりと濡《ぬ》れた舌が潜《もぐ》り込んでくる。戸《と》惑《まど》う舌を搦《から》め捕《と》られ、甘噛《が》みされた。硬《かた》くて熱い塊《かたまり》で、喉《のど》の奥深くまで蹂躙《じゅうりん》される。

「ん……ん」

ひと月ぶりの熱っぽいキスに、ぼくの体はたちまちあっけなく蕩《とろ》けた。全身から力が抜けて、足が震えて立っていられない。悦が名残《なごり》惜しげに唇を離した瞬間《しゅんかん》、ぐったりとその身にもたれかかる。

「水城……かわいい」

かすれた囁《ささや》きと、チュッと短いキスがまぶたに落ちた。浅い息を吐《は》くぼくの顔にキスの雨を降らせながら、悦の指がネクタイを解き、引き抜く。シャツのボタンに手をかけて外す。心地よい脱力感にぼんやり身を委《ゆだ》ねていたぼくは、素肌《すはだ》に触《ふ》れる冷気ではっと我に返った。見れば、すでにシャツの前は全開になっている。

「や…めっ」

肩からシャツを落とそうとする悦に必死に抗《あらが》う。

「どうしたの？」

「……嫌《いや》だ」

こんな明るい場所で、すべてを曝《さら》け出すのは嫌だ。

「なんで？」

唇をきゅっと噛《か》み締める。すると顎《あご》の下に手が入ってきて、顔をくいっと持ち上げられた。

「なんで嫌なの？」

澄《す》んだ瞳でまっすぐ覗《のぞ》き込まれ、ここしばらく胸の奥に淀《よど》んでいた感情を白状させられる。

「もう…昔みたいに…若くない…から」

そうだ。花束を渡《わた》していた彼女たちのようには、若くない。

（おまえとは違《ちが》う）

生まれ持っての恵まれた資質に加え、最近は男として成熟度を増した恋人《こいびと》の肉体を見るたび、胸の奥深くでひっそりと育《はぐく》んできたコンプレックス。

「何馬鹿《ばか》なこと言ってんだよ？」

目の前の悦が眉《まゆ》を寄せた。怒《おこ》ったみたいに少し乱暴に抱き締められる。

「水城はきれいだよ。きれいで儚《はかな》くて……昔っから全然変わらない。いや、変わらないっていうのは嘘《うそ》だな。日に日にやばいくらい色気が増してるし……」

耳許《みみもと》の真摯《しんし》な声を黙《だま》って聞いていたら、不意に悦がぼくから離れた。おもむろに身を沈《しず》めたかと思うと床に膝をつく。ぼくの前にひざまずくようにして、ベルトに手をかけた。

「え…っ？」

何事かと戸惑ううちにファスナーを下ろされる。いきなり熱い口腔《こうこう》内に含まれて、ぼくは高い悲鳴をあげた。

「アッ」

ただでさえひと月以上禁欲していた体だ。そんなダイレクトな愛撫《あいぶ》を施《ほどこ》されたら、ひとたまりもなかった。

「そ……んな……あっ……ぁあ」

悦の舌がぼくの性器を嘗《な》めねぶる、ぴちゃぴちゃと濡《ぬ》れた音。脚が小刻みに震《ふる》える。まなじりが灼《や》けるみたいに熱くなって、涙《なみだ》が滲《にじ》む。体中の血液がすごい勢いでそこに集中しているのがわかる。高まる射精感に、ぼくは悦の髪をきつく握《にぎ》った。

「……っ」

突然《とつぜん》、悦が立ち上がり、ぼくを裏返す。硬く張りつめた体が背中から覆い被さってきた。

「ごめん……もう我慢《がまん》できない」

切羽詰《せっぱつ》まった声。押しつけられた悦の欲望は、すでに充分に猛《たけ》っていた。立ったままでなんてしたことない。無理——そう言いたかったけど、声が出なかった。

「あっ…ひ…っ」

体を割られ、熱くしなったもので穿《うが》たれる衝撃《しょうげき》に息を呑《の》む。奥歯を食い締め、ぼくはじわじわと浸食《しんしょく》する悦を受け入れた。

「……つらい？」

すべてを収めた悦が、首筋に唇を押しつけて囁く。小さく首を振った。ひさしぶりの挿入《そうにゅう》行為は苦しかったし、壁に手をついた無理な体勢はきつかったけれど、それよりも充足感のほうが大きかった。

やっと……やっとひとつになれた。

足りなかったパーツが、本来あるべきところに無事収まったような、安寧《あんねい》と深い充足。ひと月ぶりの熱い充溢を噛み締める。

「水城……」

痛みと衝撃に萎《な》えていた性器に手が伸びてきて、ゆっくり上下に扱《しご》かれた。もう片方の手が胸の尖《とが》りを弄《いじ》る。

「あ……」

甘い疼《うず》きに自然と腰《こし》が揺れる。背中の悦が動き始めた。ゆるやかな抽挿《ちゅうそう》から、やがて徐々《じょじょ》にピッチが上がる。一番感じる部分を硬いもので擦《こす》られて、堪《こら》えきれない嬌声《きょうせい》が漏《も》れる。強烈《きょうれつ》な刺激《しげき》がたまらなく気持ちよくて、どうにかなりそうだった。

「水城……すご……締まるっ」

「ん……あっ……いぃ」

激しく揺さぶられ、突《つ》き上げられ、頭が白くスパークする。

「いっちゃ……う……あ――ッ」

達した瞬間悦もまた弾《はじ》けたのを感じ――なまぬるい白濁《はくだく》が太股《ふともも》を伝うのを感じながら、ぼくはぐずぐずとその場に頽《くずお》れた。

「中に出しちゃったから、洗ってあげる」

もはや諾々《だくだく》と従うのみのぼくの手を引いて、悦はバスルームに入った。膝《ひざ》の上に後ろ向きに座らされ、まるで年端《としは》のいかない子供みたいに洗われる。羞恥《しゅうち》を堪え、体の中まで洗われているうちにまた欲しくなって、悦の膝の上に乗る形でもう一度した。

浴室はさらに明るかったし、音とか声が響《ひび》いてすごく恥ずかしかったけど、どうしてもベッドまで我慢できなかった。

そのあとやっと寝室《しんしつ》に移って、ベッドの上でじっくり愛し合った。まるで腰に力が入らないぼくとは裏腹に、悦はまだ腹立たしいほど余裕《よゆう》しゃくしゃくだった。

筋肉が張りつめた褐色《かっしょく》の肉体にきつく抱《だ》き締《し》められ、欲情を湛《たた》えた双眸《そうぼう》に熱く見つめられるだけで、体がどろどろに溶《と》ける。

唇と指と舌を使った、焦《じ》れったいくらいにやさしい愛撫《あいぶ》。体中あますところなく施された頃には、ぼくの理性は完全に焼ききれていて、恋人の引き締まった体にしがみつきながら、『早く…っ』とか『もう…来て』とか、正気では決して口にできない言葉を口走っていた。

もう一秒も待てないくらいに散々に焦《じ》らされたあと、ゴムをつけた悦が正常位で入ってくる。深く結合した状態でくちづけられて、それだけで達しそうになった。

「はっ……あっ、ん……あ……ふっ」

若い頃と違い、がむしゃらで力任せなセックスでなくなったぶん快感は深い。じりじりと甘く丹念《たんねん》に追い上げられ、一度の挿入でぼくは二度イカされた。

最後に同時に達した悦が、ゆっくりとぼくから抜き出る。しっとり汗《あせ》ばんだ身を折り曲げて、合わせた唇《くちびる》に「愛してる」と囁いた。

「本当に……いっぱいしたね」

満足そうな顔。あったかくて大きな体に抱き締められていたら、なんだか急に泣きたくなった。幸せすぎて、反動がきたのかもしれない。

「水城？」

ぼくの様子に気がついた悦が上体を少し起こした。

「どうしたの？」

「…………」

「水城──言って」

腕《うで》の中のぼくを軽く揺《ゆ》する。

「何か思っていることがあるなら口に出して」

子供を諭《さと》すような口調で、悦は根気強く言った。

「言わないとわからないよ」

口に出せば悦を困らせることになる。だから絶対に言えないと思っていた言葉。それが、満杯になったコップから水が溢《あふ》れるみたいにぽろりと零《こぼ》れた。

「……離《はな》れていると寂《さび》しい」

「それから？」

「もっと……一緒にいたい」

あんなに長く悶々《もんもん》としていたのに、言ってしまえば、こんなにも簡単だった。

「うん」

神妙《しんみょう》な面持《おもも》ちでうなずいた悦が、力強く言い切る。

「一緒にいよう。ずっと。永遠に」

真摯な瞳《ひとみ》でぼくをじっと見つめる。

「オレね、水城以上に大切なもの、ないから。もし水城が写真をやめろって言ったらやめるよ」

「……悦っ」

驚愕《きょうがく》するぼくに、悦は本気を感じさせる声で繰《く》り返した。

「本当だよ。本当にやめてもいい」

胸が熱くなる。何より大切なものと同列にしてくれた。悦がどれほど写真を愛しているか、誰《だれ》よりわかっているからなおさら。

「その……気持ちだけで充分」

心から言った。本当に充分だ。充分すぎる……。

真意を見極めるような眼差しでぼくの表情を見据《みす》えていた悦が、ふっと微笑《ほほえ》んだ。

「オレたちさ、同じ部屋に暮らすことで安心して、一緒にいる努力を怠《おこた》っていたのかもしれないね」

「…………」

「お互《たが》い忙《いそが》しいけど、でもできるだけ一緒に過ごす時間を作ろう。オレも努力する。だから水城もいろいろ溜《た》め込まないで、さっきみたいに気持ちをちゃんと言葉にしてよ」

ぼくの不安を受けとめつつ、根本の問題点を冷静に分析《ぶんせき》して、前向きな答えを提示してくれた恋人《こいびと》の包容力に、内心瞠目《どうもく》した。

いつの間に、こんなにも悦は大きくなっていたんだろう。見た目だけじゃなく、精神的にも強くしたたかに成長して……。

そしてきっと、これからもっともっと大きくなっていくんだろう。ならば——ぼくもまた変わっていかなければならない。悦とずっと一緒に歩いていくために。

「……うん」

小さな決意を胸に、首を縦《たて》に振《ふ》る。それだけじゃ足りないような気がして、溢れる想いを口にした。

「悦、愛してる」

うれしそうに悦が笑う。

「世界の誰より……好きだ」

「うん……オレも、世界で一番愛してるよ」

近づいてきた唇が、そっと触《ふ》れた。何度も何度も、飽《あ》きることなくキスを繰り返す。褐色の腕に包み込まれ、気怠《けだる》い心地よさに浸《ひた》っているうちに、だんだん眠《ねむ》くなってくる。恋人の胸の中でまどろみかけて、ふと、この前モモとこんなふうにベッドで話したことを思い出した。

「そういえば、モモにボーイフレンドができたらしいぞ」

「え？」

ぼくの髪《かみ》を弄《もてあそ》んでいた悦が、びっくりしたように動きを止めた。

「相手はハンサムなクラスメートだそうだ」

「なんつーませたガキども」

「寂しいか？」

「まー、兄としては一抹《いちまつ》の寂しさを感じないわけでもないけどね」

肩《かた》をすくめた悦が、ぼくの髪にキスをする。

「でも、オレには水城がいるから」

そう言って恋人は、太陽みたいな満面の笑顔で笑った。

風とライオン、ぼくときみ

九月まで居座っていた猛暑《もうしょ》が、十月の声を聞いたとたんに駆《か》け足で去り、季節は一気に秋に突入《とつにゅう》した。

明日は悦《えつ》の三十二回目の誕生日だ。

隣《とな》りの及川《おいかわ》家に誕生する『弟』か『妹』を、指折り数えて待っていた日から、もう三十二年が経《た》つなんて信じられない。ぼくの後ろをカルガモのヒナよろしくくっついてきていたのを昨日のことのように思うのは、年を取った証拠《しょうこ》だろうか。

感慨《かんがい》深い気分で、ぼくは十月のカレンダーの丸で囲まれた数字を眺《なが》めた。

平日だけど、明日は有休を取ってある。日頃《ひごろ》はやれロケだ取材だと各地を飛び回っている悦も、明日はオフを取る予定になっていた。夜は身内を呼んで、小さなホームパーティを催《もよお》そうと計画している。

一緒《いっしょ》に暮らし始めて、気がつけばもうじき十年。

同居することに安心して、共に過ごす時間をないがしろにしていた自分たちを反省し、これからはなるべく一緒に過ごす時間を持つ努力をしようと話し合ったのは先々月のことだ。

以来、ぼくはできるだけ家に仕事を持ち帰らないようにしている。

悦は相変わらず土曜も日曜もないけれど、撮影《さつえい》の合間に時間が空けば、こまめに家に戻《もど》ってくるようになった。昼だけ一緒に食べて、また現場に戻っていくこともある。

それと、これは口に出すのが恥《は》ずかしいのだが、ふたりだけの時は、極力スキンシップを増やすようにもした。

これに関しては、年齢《ねんれい》を考えるとつい気恥《きは》ずかしさが先に立ってしまうぼくとは裏腹に、悦のほうが積極的だ。さすがに人目につく場所では控《ひか》えているが、部屋の中では隙《すき》あらばしょっちゅうぼくにべったりひっついている。後ろから抱《だ》き締《し》めてきたり、髪《かみ》や顔に触《ふ》れてきたり、手を握《にぎ》ったり、指を絡《から》めてきたり——。なんだか、幼児期に退行したみたいだ。

キスもよくする。おはようのキスに始まり、行ってらっしゃい、行ってきます、お帰り、ただいま、その他《ほか》もことあるごとに唇《くちびる》を合わせ、最後は一日の締めのおやすみのキスまで。この二ヶ月で、過去十年間と同じくらいしたんじゃないだろうか。

一緒に暮らし始めた当初だって、ここまでベタベタはしていなかった。

(まるで遅《おく》れてきた蜜月《みつげつ》だな)

そんなことを考える自分に羞恥《しゅうち》を覚え、ぼくはあわてて頭をふるっと左右に振《ふ》った。頭を切り替《か》え、そろそろ仕事に戻ろうとした時、ちょうどデスク上の電話が鳴り始める。受話器に手を伸《の》ばし、持ち上げた。

「はい、鳴沢《なるさわ》です」

『俺だ、入間《いるま》だ』

回線越《ご》しに届いた古くからの友人の声に、ぼくは「入間！」と声をあげる。

「今どこだ？」

悦より多忙《たぼう》な彼の師匠《ししょう》は、それこそジェットセッターさながら海外ロケが多いので、またどこか外国からかと思ったのだ。

『青山の事務所だよ。一昨日、ブラジルロケから帰ってきた』

「そうか、それは大変だったな、お疲《つか》れ様」

『おー、さすがに地球半周はきついな。まだ時差ボケが抜《ぬ》けねぇよ』

ぼやき声に苦笑《くしょう》する。無尽蔵《むじんぞう》の体力を誇《ほこ》る超人《ちょうじん》・入間もようやっと人並みに「疲れる」ようになったか。

『そんで、電話をしたのは明日の宴会《えんかい》の件なんだが』

「ああ――おまえ、時間取れそうか？　体がきついなら無理しなくても…」

『いや、行くよ。明日はスタジオ撮《ど》りなんだが夕方には終わる予定だ。前回、海外ロケと被《かぶ》って授賞式のパーティにも顔出せなかったしな』

なんだかんだ言って愛弟子《まなでし》には甘い入間に、思わず顔がほころんだ。

「おまえが来てくれたら悦も喜ぶよ」

『たまには顔見てガツンと活入れてやらねーとな。野郎《やろう》、最近みょーに写真が甘ったるい。幸せオーラがダダ漏《も》れなんだよ。誰《だれ》かさんのせいだか知らねぇが』

「あー……」

『悦にはひさびさ朝まで呑《の》むぞと伝えといてくれ』

「ああ、わかった」

じゃあ明日の六時にと約束して通話を終了《しゅうりょう》する。

受話器を置いたぼくは、「よし、仕事だ」とひとりごち、今度こそパソコンのディスプレイと向かい合った。


翌日は気持ちのいい秋晴れだった。

早起きしたぼくと悦は、午前中に夜のあらかたの準備を済ませ、十一時半に家を出た。近所のビストロでランチを取ってから、悦の運転で車を走らせる。

目的は動物園。

十年前、ぼくらは雨の動物園でお互《たが》いの気持ちを確認《かくにん》し合った。

あの日から、ぼくたちにとって『そこ』は特別な場所になった。悦との思い出が詰《つ》まった場所はたくさんあるけれど、中でもとりわけ思い入れの深い場所となった。

いつからか、悦の誕生日には足を運ぶのが定番になっていたが、ここ数年はお互いの時間が合わず、こうして連れだって来園するのも三年ぶりだ。

駐車場《ちゅうしゃじょう》に車を止め、チケットを買って園内に入る。

平日なので、さほど人は多くない。時折、手を繋《つな》いだ親子連れや、暇《ひま》そうな学生らしきグループ、遠足の園児の集団と行き交《か》う程度だ。

のんびりゆったり、こちらもまったりと昼寝《ひるね》中の動物たちを冷やかしながら園内を回る。一時間ほどでライオンの住処《すみか》まで辿《たど》り着いた。

今ではその数も稀少《きしょう》になった百獣《ひゃくじゅう》の王が、草地や岩場にごろごろと横たわっている。数頭の雄《おす》と雌《めす》、そしてまだ幼い子供たちの姿も見えた。

「いるいる！」

興奮気味の声を出した悦が、柵《さく》の前まで駆け寄った。身を乗り出し、かぶりつきでライオンを眺《なが》めるその横顔は稚気《ちき》丸出しで、とても三十を過ぎた大人《おとな》には見えない。

「おまえ、サファリで本物を見慣れてるんだろ？」

「見慣れてたって何度見てもいいんだよ。おー、子供もいるな。あいつが雄かぁ、ちょびっとたてがみが生えてきてる。来年、来る頃《ころ》には生えそろってるかな」

柵に手をついたぼくは、悦の傍《かたわ》らでつぶやいた。

「エサを食べて満腹なのか、眠《ねむ》そうだな」

「うん、天気いいからな。……にしても、横になって腹見せて、危機感ねぇなぁ」

「ま、実のところ命を脅《おびや》かす敵もいないし、獲物《えもの》を捕《と》る必要もないしな」

肩《かた》を並べてのどかな団欒《だんらん》の様子を眺めていると、ぼくの胸ポケットで携帯《けいたい》が鳴り始める。取り出した液晶《えきしょう》ディスプレイには『モモ』の文字が光っていた。

「モモからだ」

悦に説明して携帯を耳に当てる。

「もしもし、モモ?」

『水城《みずき》ちゃん? 今、どこ? 悦ちゃんと一緒?』

「そう。動物園に来てる」

『やっぱり。そうなんじゃないかと思ってた。ライオン見られた?』

飽《あ》きることなくライオンの群れを眺める悦を一瞥《いちべつ》して、「今ちょうどライオンの前」と答えた。

『いーなー、あたしも一緒に行きたかった』

「学校があるだろ? 今、休み時間か?」

『うん。あのさ、今晩のことなんだけど、何か持っていったほうがいい? 飲み物とか、デザートとか』

「いや、手ぶらで大丈夫《だいじょうぶ》だよ。これから帰りに飲み物とデザートは買っていくし。そういやおまえ、何かリクエストあるか？」

『飲み物は炭酸系で甘くないのがいい。デザートはチョコ系がいいな』

「OK。六時には始めるつもりだけど、早めに来て手伝ってもらえると助かる。今日のメインは手巻き寿司《ずし》だから」

回線の向こうからモモが『了解《りょうかい》』と答える。

『あ、あとさ……』

言い出しておいて、なかなか続きを言わないモモを、ぼくは「なんだよ？」と促《うなが》した。

『その……友達を……連れていってもいい？』

おずおずとした問いかけにぴんと来る。

「例のボーイフレンドか？」

『……う、うん』

「ちょっと待ってて」

断り、携帯を口許《くちもと》から外して、ぼくは隣《とな》りの悦に訊《き》いた。

「モモが今夜ボーイフレンドを連れてきたいって」

悦が片眉《かたまゆ》を持ち上げる。

「彼氏を紹介《しょうかい》しますってか？　生意気な……」

「もしくは彼氏が『永遠のライバル悦ちゃん』を見てみたいんじゃないか？」

肩を竦《すく》めた悦が、「水城がいいなら」と言った。

「もしもし、モモ？　悦がいいって。うん、大丈夫。別に怒《おこ》ってないよ、大丈夫だって。俺も会ってみたいし。うん、じゃあ、また夕方」

通話を切り、携帯を折り畳《たた》むぼくに、悦が「いよいよご対面かぁ」とつぶやく。

「兄としては複雑な気分か？」

「まー、いつかは会うことになるんだろうしね」

柵から身を引きはがした悦が、ぼくのほうを見た。

「水城こそ、寂《さび》しいんじゃないの？　かわいい姪《めい》っ子の叔父離《おじばな》れは」

「まぁな。でも……」

「でも？」

「俺にはおまえがいるから」

いつぞや悦が言ったのと同じ台詞《せりふ》を口にしたぼくに、悦がにっと笑った。大きめの唇《くちびる》を横に引いたまま、すっと手を横に伸《の》ばしてきて、ぼくの手を握《にぎ》る。

「おい、ここ、どこだと思って……」

あわてて手を振《ふ》り払《はら》おうとして、余計にぎゅっと握られてしまった。

大きくて厚みのある、恋人《こいびと》の手。

どんなに年月が経《た》っても変わらない、そのあたたかさ。

「みんな動物に夢中で人間なんて見てないよ」

もっともらしい説得に「本当かよ？」と訝《いぶか》しげな声を落としながら、それでもそれ以上は抗《あらが》わなかった。

ぼくも、悦と手を繋ぎたい気分だったから。

「さて、ライオンも見たし、そろそろ帰ろうか」

恋人の言葉に小さくうなずく。

「――我が家へ」

ライオンたちに背を向けて、ぼくらは家路を辿《たど》り始めた。

あとがき

初めまして、こんにちは、岩本薫です。

このたびは『年上の恋人』をお手に取ってくださいましてありがとうございました。

この『年上の恋人』は、以前に他社様から『太陽の恋人』というタイトルで出していただいたノベルズの文庫化となります。

かなり懐《なつ》かしい作品で、読み返すと顔が熱くなったり、背中がムズムズしたりと大変ですが、個人的にはとても大切な、大好きな作品です。たぶんもう、こういったお話は書けないな、と思うので余計に愛《いと》おしいのかもしれません。

これを書いた頃《ころ》の私はBL初心者で、「受《うけ》」と「攻《せめ》」という言葉の意味すらはっきり理解していなかったのですが、それでも無意識ながらにちゃんと「年下攻×クールビューティ受」になっているあたり、我ながらDNAに刻み込まれているとしか思えません（笑）。

とても不器用なふたりの、十年愛です。私自身、執筆《しっぴつ》中ずっと試行錯誤《しこうさくご》のしどおしで、おそらく一番改稿《かいこう》した作品だとも思うのですが、その分、愛はいっぱい詰《つ》まっています。

少しでも楽しんでいただけたら、これ以上の喜びはありません。

文庫版の挿《さ》し絵《え》は、念願が叶《かな》い、以前から大好きな木下けい子先生にお願いできるという幸運を得ました。イメージどおりの悦と水城、そしてモモに感謝感激です。ラフを拝見するたびに、担当様と「イメージぴったりですね！」と感嘆《かんたん》しておりました。
大変にお忙《いそが》しいところ、快くお引き受けくださいまして、本当にありがとうございました！

文庫化のお声をかけてくださいました担当様。この作品を好きだと言っていただいて、ちょっとびっくりしましたが、でもうれしかったです。ありがとうございました。ノベルズ版でお世話になりました編集様をはじめ、本書の制作に携《たずさ》わってくださいました関係者の皆様《みなさま》にも、心からの感謝を捧《ささ》げます。
最後になりましたが、いつも応援《おうえん》してくださっている皆様、ありがとうございます。皆様のお声が、いつも執筆の支えです。最近はすっかり体力が落ち、のろのろペースですが、地道にコツコツとがんばっていきたいと思いますので、これからもよろしくお願い致《いた》します。

十二月にもルビー文庫さんでお目にかかれる予定です。
それではまた、次の本でお会いできますことを祈《いの》って。

二〇〇八年　秋　　岩本　薫

〈初出〉
『太陽の恋人』（ビブロス／2003年2月刊行）
「風とライオン、ぼくときみ」書き下ろし

KADOKAWA RUBY BUNKO

年上《としうえ》の恋人《こいびと》

岩本《いわもと》 薫《かおる》

角川ルビー文庫 R122-2 15404

平成20年11月1日 初版発行

発行者——井上伸一郎
発行所——株式会社角川書店
東京都千代田区富士見2-13-3
電話/編集(03)3238-8697
〒102-8078
発売元——株式会社角川グループパブリッシング
東京都千代田区富士見2-13-3
電話/営業(03)3238-8521
〒102-8177
http://www.kadokawa.co.jp
印刷所——暁印刷 製本所——BBC
装幀者——鈴木洋介

JASRAC 出0811892-801
ISBN978-4-04-454002-9 C0193 定価はカバーに明記してあります。

ASUKA COMICS CL-DX
中村春菊
Shungiku Nakamura
初恋なんて、叶わないモノ。
——そんなの、誰が言ったわけ？
大人気コラボ♥
コミックス
大好評発売中!
やり手編集長×勝ち気な新米編集者が贈る
編集者が青ざめるほどちょこっとリアルな
出版業界ラブ!
小野寺律の場合
世界一初恋
セカイイチハツコイ
訳あって丸川書店に転職した小野寺律。
傲慢不遜なやり手編集長:高野政宗との因縁が発覚し…!?

水上ルイ
Rui Minakami
イラスト
如月弘鷹
Hirotaka Kisaragi
水上ルイ×如月弘鷹で贈る
豪華・航空業界LOVE!
恋の翼
Departure
航空会社のスチュワードの空は
年下の同僚・九條に恋をしている。
だけど想いはなかなか伝わらなくて…？

ルビー文庫